二見サラ文庫

皇妃エリザベートのしくじり人生やりなおし

江本マシメサ

JN090956

| Illustration |

宵マチ

C O N T E N T S

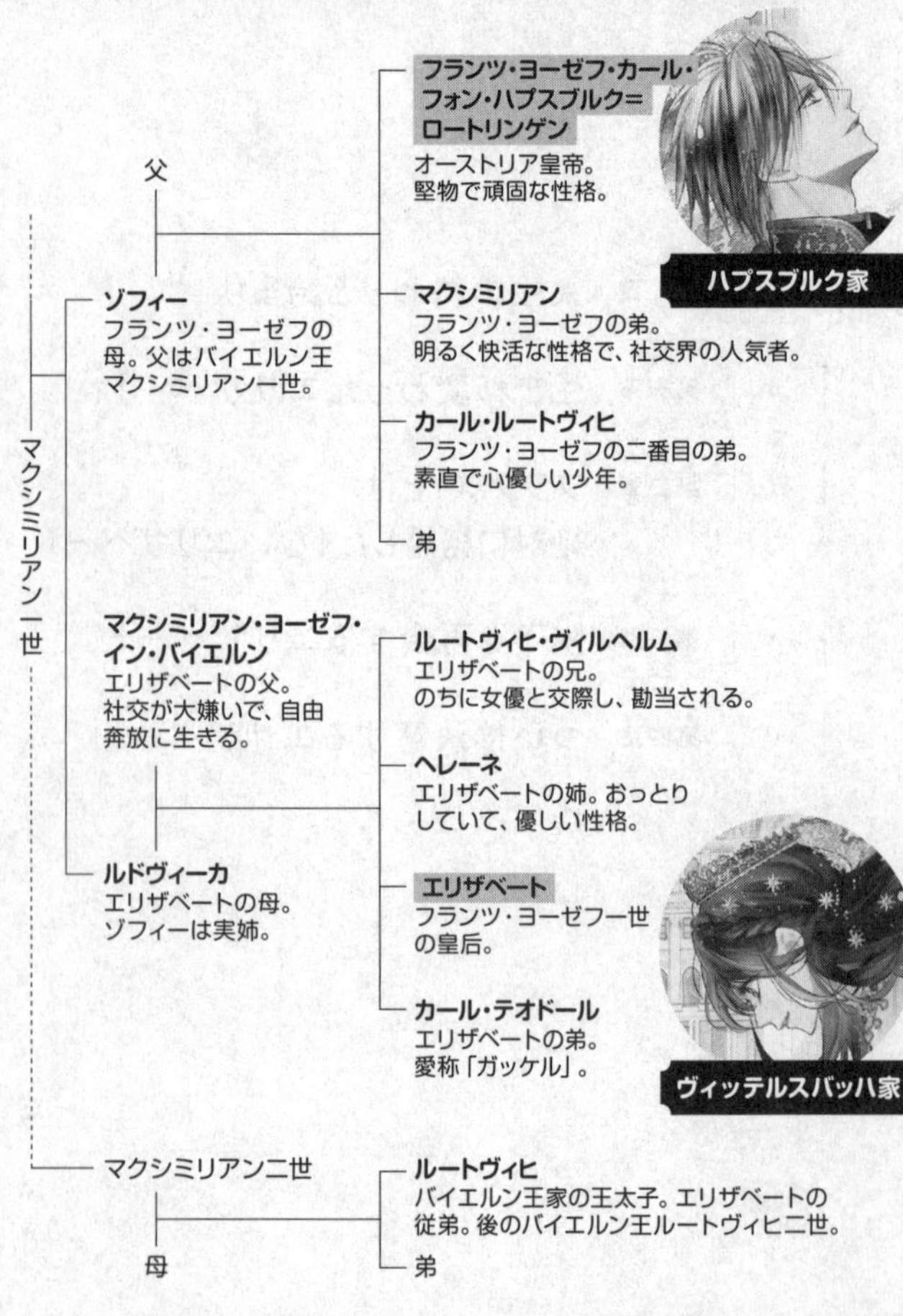

本作品の内容はすべてフィクションです。
実在の人物、団体、事件などにはいっさい関係ありません。

序章　人生の終わりと始まり

——その日のわたくしは、朝から暢気（のんき）にミルクを飲んでいた。レマン湖の船着き場で、殺されることも知らずに。

ロートシルト男爵夫人の招待を受け、スイスのジュネーブを訪問していた。

もちろん、『オーストリア皇妃エリザベート』として来たのではない。『ホーエンテンプス伯爵夫人』という、偽名を使っての極秘旅行だった。

大所帯の旅行は嫌なので、侍女はシュターレイの一人だけ。護衛もいない、自由気ままな旅だった。

ロートシルト男爵家で最高のもてなしを受け、買い物を楽しみ、ホテルに一泊。翌日は朝からパティスリー『デザルノ』でとびきりおいしいアイスクリームを食べて、一杯のミルクを飲んだ。

わたくしはいつになく上機嫌だった。今回の旅は思いがけず面白かったと、振り返るほどに。

楽しいひとときはあっという間に過ぎ去ってしまう。

のんびりしていたため、乗船時間が迫っていた。シュターレイに急かされながら、船着き場へと急ぐ。

今日は霧が深く、視界が悪い。

そんな中、男が乱暴にぶつかってきた。ツキンと、鋭い痛みが胸を襲う。だが、我慢できないものではない。それよりも早く、乗船したほうがいいだろう。

シュターレイが走り去った男に向かって何か叫んでいたが、制止する。男にかまっている場合ではない。船に乗らなければ。

なんとか間に合ったけれど、今度は胸の痛みの主張が激しくなる。

起き上がっていられなくなり、寝台に横たわった。シュターレイが何か問いかけていたが、内容はほとんど耳に入ってこない。

視界がだんだんおぼろげになる。これまでの人生が、走馬灯のように浮かんできた。

わたくしはバイエルン王家傍系の三番目の子として生を受け、自然が輝くミュンヘンの領地で自由気ままに育った。

楽しい物事ばかり教えてくれるお父様が大好きで、馬に乗ったり、ボートで競争したり、駆けっこしたりと、お転婆な少女時代を過ごす。

わたくしの人生における最大の転機は十五歳のとき。

バート・イシュルで、オーストリア皇帝フランツ・ヨーゼフに見初められたことだろう。

当時の陛下は二十三歳。輝く金色の髪に、豊かな知性を覗かせる瞳が印象的な御方だった。加えて、軍服に身を包んだ姿は、本当に美しかった。

求婚されて断る女は、世界中探したとしても、どこにもいないだろう。

わたくしは世界一幸せな皇妃だと思っていた。嫁ぐ前日までは。

厳しいハプスブルク家の伝統的な慣習が襲いかかり、満足にこなせないわたくしを義母ゾフィーは責め立てる。

しだいに王宮にいるだけで、具合が悪くなった。療養を繰り返し、ウィーンの街にいることは少なかったのかもしれない。

そんなわたくしを、民は『皇妃様は旅の御方』と呼んでいたけれど、王宮にいたら具合が悪くなってしまうので仕方がないだろう。

幸せな人生ではなかったように思える。結婚してから、楽しかった思い出など、何もなかったような気がした。

本当に、何一つ満たされない人生だった。幸せとはなんなのか。自身に問いかけるが、答えは浮かんでこない。

幸せの意味も知らぬまま見知らぬ男の刃に破れ、命を散らす。

わたくしは、あっけなく死んだ。

享年六十。長くて短い人生だった。


✵。。✵。。✵。。


人は死んだら天国に行って、幸せになる。そう思っていたが、違った。わたくしは亡霊となり、現世にとどまり続けた。

誰も、わたくしが見えないし、声も聞こえない。ただただ、わたくしという意思を持つ存在が在るだけ。

これが死ならば、なんて辛いものなのか。

わたくしの亡骸を前に、嘆く者たちの姿を見るのは苦しい。葬儀が終わったら、この状態から解放されるのか。そう期待していたが、いつになってもわたくしは亡霊のままだった。

どうしてこうなったのか。問いかけても、誰も返事なんてしない。

葬儀の際、さまざまな人の話を聞く。

わたくしを殺したのは、イタリア人の無政府主義者ルイジ・ルケーニ。暗殺する相手がすでにジュネーブを発ったあとだったので、わたくしに目標を変えたと。偽名で滞在していたが、わたくしがスイスを訪問していたことは、新聞で大きく報道されていたようだ。

まさか、わたくしをつけ回す新聞社に、情報の一切が漏れていたなんて……。

わたくしはメディアに殺されたも同然だろう。絶対に、赦さない。

オーストリア皇妃暗殺の不幸でひとしきり話が盛り上がったあと、人々は続けてわたくしの悪口を囁き始める。

皇帝フランツ・ヨーゼフと皇妃エリザベートの結婚が、ハプスブルク家の危機となるきっかけだったと。

ハプスブルク家の不幸の連鎖は、夫フランツ・ヨーゼフの弟マクシミリアンの死から始まる。ナポレオン三世に唆されてメキシコ皇帝となり、処刑されたのだ。

続く不幸は、わたくしの息子であり皇太子でもあるルドルフの死。マイヤー・リンクの狩猟館で、亡骸となって発見された。

ルドルフの死後、ハプスブルク家の推定相続人に指名されたのは、陛下の二番目の弟カール・ルートヴィヒだった。

しかし彼も、旅行先で腸チフスに感染し、帰国後亡くなってしまう。

これらの事件は、胸が引き裂かれるほど辛かった。なぜ、このような不幸の連鎖に襲われなければいけないのか。何度も神に問いかけたが、答えなんかあるはずもない。

人々は囁く。フランツ・ヨーゼフは結婚相手を間違った。皇妃エリザベートと結婚さえしなければ、ハプスブルク家は安泰だった。双頭の鷲(わし)の羽が、一枚、一枚と無残に引き抜かれるような悲劇は起こらなかっただろうと。

違う、そんなことはない。わたくしは、陛下に強く望まれて、ハプスブルク家に嫁いだ。ハプスブルク王朝は、勝手に危機的状況に陥ったのだ。絶対に、わたくしのせいではない。

叫んでも、叫んでも、誰も振り向いてはくれない。

ずっと、そうだった。誰も、わたくしの話を聞いてくれなかった。

陛下だけではなく、侍女やメイドですら、本当のわたくしと向き合おうとしなかった。

もう、人々の話に耳を傾けたくない。わたくしは黙って、その場を離れた。

無意識のうちに、シェーンブルン宮殿にいる陛下のもとへとやってきていた。もしかしたら、近しい者であればわたくしの声が聞こえるかもしれない。そう思い、「陛下」と声をかけたが、反応はなかった。

呆(あき)れたことに、わたくしの葬儀の日ですら、陛下は涙の一滴も零(こぼ)さず政務に精を出していた。

嘆き、悲しむ様子を目にしていたら、陛下の背に寄り添って永遠を過ごしていたのかもしれない。

けれど、陛下は感情を見せない。わたくしの死など、取るに足らない出来事だったのだろう。

わたくしはただただ、陛下の背を見つめる。その間には高くて厚い、見えない壁があるように思えた。

陛下はずっとそうだった。人間味に欠け、朗らかに微笑むことはなく、わたくしに背中ばかり見せていた。

望まれて結婚したのに、陛下は義母ゾフィーの味方ばかりしていた。

わたくしの訴えは一切聞かず、まるで、壁と話をしているようだった。

誰も、わたくしを愛さず、理解せず、ハプスブルク家の重苦しい型にはめ込もうとしていた。

それが嫌でたまらず、わたくしはウィーンから離れ、さまざまな地で療養していたのだ。

なぜ、死してなお、ここに在り続けないといけないのか。

ずっと亡霊のまま存在するのならば、自由なカモメのように大空を漂い続けたい。

そう思っていたのに、私のこの体は、シェーンブルン宮殿から脱出できなくなっていた。

ハプスブルク家ではこれまで、シェーンブルン宮殿を夏の離宮として使っていた。

一方、陛下は春と秋に好んでシェーンブルン宮殿に滞在していたようだが、わたくしが死んでからは王宮に戻っていないようだ。なぜか、シェーンブルン宮殿で政務に励んでいる。

いや、わたくしが死ぬ前から、ここでずっと過ごしていたのかもしれない。

陛下について、把握している物事はほとんどなかった。好きな食べ物や、好む酒ですら知らない。

それくらい、わたくしたちの夫婦関係は冷えきっていたのだ。

以降、わたくしはシェーンブルン宮殿の亡霊と化す。声は誰にも聞こえず、物にも触れることはできず、ただただそこに在るだけ。

他の亡霊の姿も、確認できない。

シェーンブルン宮殿では、物音一つ立てる動作も許されていないかのような静寂が続く。

そんな中で、陛下は一日のほとんどを執務室で過ごしていた。

朝の三時半に起床し、五時きっちりから政務を始める。夜は日付が変わっても、仕事が終わることはない。

陛下はずっと、このような生活を繰り返していたのだ。

まるで、ハプスブルク家の家紋である双頭の鷲をそのまま擬人化したような、仕事人間である。頭の中は、オーストリア帝国とハプスブルク家のことばかり。人らしい感情なんて、欠片もなかった。

頑固で、人の意見なんか聞かず、偏屈なところがあって……。

そんな陛下に、不幸が襲う。

新たに推定相続人として指名した、甥のフランツ・フェルディナントがサラエボで暗殺された。

度重なる身内の暗殺に、さすがの陛下も堪えたのだろう。陛下はセルビアに最後通牒を叩きつけ、第一次世界大戦が勃発する。

その二年後に——陛下は息を引き取った。

仕事人間らしく執務を気にしながら病床につき、翌日も朝の三時半に起きるつもりで、近侍に声をかけていた。

享年八十六。六十八年間皇帝の座に君臨し続けたフランツ・ヨーゼフは、眠るように薨去した。

ハプスブルク家の象徴たる男も、老いと病には勝てなかったのだ。

陛下との別れは、不思議と悲しくなかった。どうしてだろうか。

長年、誰とも会話することなく、ただただ存在し続けるだけのわたくしの中から、人らしい感情は欠如してしまったのかもしれない。

フランツ・ヨーゼフが儚(はかな)くなれば、亡霊状態から解放されるかと思っていたのに——わたくしはシェーンブルン宮殿の亡霊で在り続けた。

もう何年も、このような状態でいるのだ。諦めの境地である。

わたくしは静かに、ハプスブルク家の行く末を眺めていた。

皇帝の座は、フランツ・フェルディナントの甥であるカール大公に渡った。

だが、戦乱の世の統治は厳しさばかりで、二年も経(た)たないうちに、オーストリアは降伏し、カール一世は皇帝の座から降ろされてしまう。

カール一世はハプスブルク家の伝統ある宮廷儀礼を廃止し、近代的なものを進んで取り入れていたようだ。加えて、ハンガリー人にも寛大な態度を示し、新しい風を吹かせようとしていた皇帝だった。

けれども、すでに衰退期にあったハプスブルク王朝は、滅びへの歩みを止めることができなかったのだ。

新しい風も、時代の大波に呑(の)まれてしまった。

そして、オーストリア共和国が成立し、六百五十年近く続いたハプスブルク王朝は、あっけなく終焉(しゅうえん)を迎えた。

亡霊だったわたくしの意識が、どんどん薄くなっていく。

これはハプスブルク家の呪いだったのだろう。

数々の不幸を見せて、すべてはわたくしの罪だと主張したかったのだろうか？

——違う‼　わたくしは、悪くない‼

そう叫んだ瞬間、わたくしの腕は誰かに掴まれる。悲鳴を上げたが、助けてくれる人なんて現れない。

深い深い暗闇の中に、連れ込まれてしまう。今度は、どんな最低最悪の不幸をわたくしに見せるのだろうか。


✲。。✲。。✲。。


視界が一気に明るくなる。

鳥のさえずりが聞こえた。ここはどこなのだろうか。

覚悟を決めて、瞼を開いた。

「シシィ、シシィ！　早く起きてくれ、シシィ！」

わたくしを愛称で呼ぶ声。それは、懐かしい父マクシミリアンの声だった。

第一章　生まれ変わったエリザベート

天国から、父が迎えにきてくれたのだろうか？

あまりにも遅すぎる。わたくしの葬儀の前に、天の向こう側へ連れて行ってくれたらハプスブルク家の終焉なんて見ずに済んだのに。

瞳に飛び込んできた父は、輝かんばかりの笑顔でわたくしを覗き込む。

「シシィ、今日はボートを漕ぎに行く約束だっただろう？」

「ボート？」

唇から発せられたわたくしの声は、酷く幼かった。疑問に思う前に、父がわたくしの細すぎる腕をぐっと引いた。

「服はルートヴィヒ・ヴィルヘルムのズボンを借りてきた。さあ、早く着替えて、出かけるぞ！　昼食のバスケットには、シシィが大好きなものばかり詰め込んであるから」

ルートヴィヒ・ヴィルヘルムというのは、二つ年上の兄。幼少期、「スカートだと満足に走り回れないわ」なんて言ったら、父が兄のお古のズボンを持って遊びに連れて行ってくれたのだ。家庭教師に見つかったら大目玉を食らうので、あくまでもこっそりである。

父は幼少期の楽しかった思い出を覚えていたからだろうか。当時の記憶のままの台詞を言い、闇の中に沈んでいった私の腕を引いて、光あるほうへと引き連れてくれたのだろう。

「お父様、ありがとう……」

「礼は不要だよ、シシィ。早く着替えて、出かけよう」

「ええ。他の人は？」

「何を言っているんだ。シシィはお父様と二人で遊びに行くのを、楽しみにしていただろう？」

「それ、いつの話？」

「一週間も前から、急かしていただろうが」

「一週間？」

何やら、父と話が噛み合わない。

「さあ、髪型はどうする？　三つ編み？　編み込み？　それとも、ハーフアップにする？」

子どもの頃、器用な父が髪を結ってくれた。侍女より上手かったのだが、当時は何も疑問に思わなかった。

よくよく考えてみると、父はよく、家族ではない女性の髪を結っていたのだろう。その機会が訪れるのは、深夜の寝台の上――つまり、どこかの誰かが、父に髪結いを教え込んだのだ。

夜空に月が浮かぶと父は男となって不貞を働き、地平線から太陽が顔を覗かせると明るい父親に早変わりする。

別に、貴族が愛人を囲っているのはごくごく普通のことだ。陛下だって……愛人がいた。わたくしが用意した女だったけれど。

一応理解はしているつもりだったが、他の女性に触れた手で、わたくしに触れてほしくなかった。その点は、陛下も父も同じである。

穢(けが)らわしい。身の毛がよだってしまう。

父の指先がわたくしの髪に触れそうになった瞬間、叫んでしまった。

「わたくしに、触らないで‼」

それは、わたくしの声ではない。先ほども違和感を覚えていたが、二言目で明らかにおかしいと感じる。

しわがれた声ではなく、張りのある子どもの声だった。

首に手を添えたら、いつもの皺(しわ)が刻まれたわたくしの肌ではない。年若い、幼女のようなすべの肌だったのだ。

慌てて他の部分も確認した。視界に映る手は小さく、触れた頬はまろやか。髪の毛は猫のように柔らかく、胸はぺったんこ。手足は短い。

「シシィ、どうしたんだい？」

恐る恐る、父を見上げる。肖像画で見た記憶が残っている、年若い姿であった。

「鏡は、ある、かしら？」

「これかい？」

父が手鏡を手渡してくれた。鏡に映るわたくしは——六歳くらいの幼い姿だったのだ。

「きゃあっ！」

手鏡を投げ捨て、布団の中へと潜り込む。これは悪夢だ。

わたくしは一度死に、シェーンブルン宮殿の亡霊として長年過ごしてきたのに、いきなり子どもの姿に戻っているなんて。

「シシィ、シシィ、どうしたんだい？」

「一人にして、お願い！」

そう叫ぶと、父は部屋から出て行った。

どれだけの間、布団の中に潜り込んでいたのかわからない。途中で医者が来たけれど、ヒステリックに叫んで追い出した。

母ルドヴィーカや、姉ヘレーネ、弟たちも様子を窺いにきたが、怒鳴って遠ざけてしまった。

みんな、みんな死んでしまったのに、どうしてわたくしの前に現れるのか。

これは、悪夢の続きなのだろう。眠ったら、またわたくしは闇の中に引きずられる。

そうなったら、どうか、わたくしの意識と一緒に呑み込んで、永遠に目覚めないでほしい。

そんなことを願いながら、意識を手放した。

鳥のさえずりが、わたくしを眠りから呼び覚ます。カーテンの隙間から、太陽の光が淡く差し込んでいた。

どうやら闇は、わたくしを呑み込んではくれなかったようだ。わたくしは依然として、幼少期の姿で目覚める。

もう、誰とも会いたくないし、話したくない。何もしたくなかった。そう思った瞬間、腹の虫がぐーっと大きく主張した。自分でも驚くほど、お腹が空いていたようだ。

シェーンブルン宮殿の亡霊をしていた頃には覚えなかった、体の要求である。

寝台の近くに置かれた円卓に、食べ物と水が用意されてあった。『ヘルントルテ』という、七つの層になったバターケーキの生地をダークチョコレートでコーティングしたお菓子だ。

ヘルントルテを食べるのは何十年ぶりだろうか。子どもの頃から大好きで、しきりにねだっていた。

ヘルントルテを手に取って、甘い香りを吸い込んだ。懐かしいお菓子の匂いに、眦（まなじり）がじわじわ熱くなっていく。

フォークを入れ、口に運ぶと、故郷の美しい光景が鮮やかに瞳の奥で甦（よみがえ）る。

それは、わたくしがもっとも幸せだった時代だ。

兄弟とのびのび遊び、父はわたくしを女だからと兄や弟と区別しなかった。

バターケーキが層になったヘルントルテの甘さが、空っぽだったわたくしの心を幸せで満たしてくれる。

すべて食べきる頃には、わたくしは現実を受け入れるほどの心の余裕ができていた。

一度、状況を整理しなくてはならない。

まず、わたくしはスイスのジュネーブで暗殺され、シェーンブルン宮殿の亡霊としてハプスブルク王朝の終焉を見届けた。そのあと、なぜかわたくしの時間が巻き戻り、幼少期の姿へとなっていたのだ。

いったい今、いくつくらいなのだろうか。寝台から下り、全身を映す姿見で確認する。

鏡に映ったのは、あどけないかつてのわたくしの姿。六歳から七歳くらい、といった感じだ。

亡霊状態と違い、触れることができるし、言葉を相手に伝えることもできる。けれど、生まれ変わったというのは勘違いで、わたくしはただただ長い悪夢を見ていたのではないか。そんな疑問がじわじわと浮かんできた。

だって、ありえないだろう。わたくしが、オーストリア皇帝の皇妃になった挙げ句、暗殺されてしまうなんて。

でも、胸の内にくすぶる、生きる中で感じた苦しみはあまりにもリアルだった。六、七歳くらいの子どもが抱えている感覚ではない。

ただ、すぐに「はい、そうですか」と受け入れられない。この小さな体は、わたくしであってわたくしでないようだった。

何か、確信を得られるようなものがあればいいが……。

そういえば、家庭教師の先生が「少女時代は大変なお転婆娘で、木から落ちて背中に大きな傷があるんです」と話していた。わたくしに、木登りをしたらこうなると、傷を実際に見せてくれたのだ。

その話を聞いたのは、十歳のときだった。今は、姉の家庭教師を務めているはずだ。

もしも、本当に彼女の背に傷があるのならば、わたくしは少女時代に時間が巻き戻っていることを受け入れなければならないだろう。

メイドを呼び出し、家庭教師を部屋に呼んでもらう。早朝にもかかわらず、彼女はすぐに駆けつけてくれた。

家庭教師も、記憶よりずっと年若い姿で現れる。鋭い目つきと、逆光で光る眼鏡(めがね)は相変わらずであったが。

「お嬢様、いかがないさいましたか？」

「あのね、怖い夢を見たの」

「怖い夢、ですか？」

「ええ。少女時代の先生が木登りをしていて、足を滑らせて地面に落ちてしまい、背中に傷を負ってしまうの」

家庭教師はハッと目を見張る。

「なぜ、それを？　夢の、話ですよね？」

「ええ。天使様が、告げてくださったの。危ないから、木登りをしてはいけないよって」

「その通りです。木登りは、大変危険なので。天使様は、お嬢様を心配し、夢の中で告げてくれたのですよ」

「でも、ちょっとくらい、平気よね？」

「いいえ、なりません。その天使様の言葉は、嘘(うそ)ではありません。私は幼少期に木登りをした結果落下してしまい、枝を背中に引っかけて、大きな傷を負ってしまいました」

ドクンと、胸が高鳴る。家庭教師は、わたくしに背中の傷を見せてくれた。それは記憶にあった傷と同じものである。

やはり、少女時代に時間が巻き戻っているようだ。

神様は、なんて残酷な試練を課してくれるのか。

「もう、木登りに興味は持たないと、約束してくれますね?」

「ええ、木登りなんて、しないわ。絶対に」

「よかったです」

家庭教師は私の額にそっと手を添えた。ひやりとした、冷たい手だった。

「もう、熱は下がったようですね。具合はいかがですか?」

最悪だったが、どうってことはないと返しておく。これ以上、周囲に心配をかけたくなかったから。

家庭教師の報告を聞いた家族は、全員で押しかけてくる。

母や父はわたくしをぎゅっと抱きしめ、元気になってよかったと喜んでくれた。

これで、元通り、幸せに暮らしましたとさ——なんて展開に、なるわけがない。

このまま脳天気に楽しく暮らしていたら、わたくしはまた、ハプスブルク家の皇帝フランツ・ヨーゼフに見初められてしまう。それだけは、何があっても避けなければならない。

義母にいじめられ、夫に見放されるという、味方が誰一人としていない人生なんて、まっぴらごめんだ。

二回目の人生は、絶対に幸せになってみせる。

オーストリア皇帝に嫁ぐ事態は、あってはならないことであった。


。✵。。✵。。✵。。


皇妃エリザベートから、ヴィッテルスバッハ家のエリザベートとなり、穏やかな日々を過ごしていた。

わたくしの中にくすぶっていた、疲弊(ひへい)していた心は、ミュンヘンの豊かな自然と明るい家族が癒やしてくれた。

それにしても、子どもの体というのはなんと素晴らしいものなのか。走り回ってもすぐに疲れることはないし、いくらお菓子を食べても吹き出物に悩むことはない。

責任も課せられず、自由で、誰もわたくしの行動を咎(とが)めやしない。

恐ろしいゾフィーや、冷たい陛下、陰口を囁く臣下は、一人として存在しなかった。みんな、わたくしを愛してくれる。なんて心地よく、のびのび過ごせる場所なのか。

わたくしは、第二の人生をこれでもかと謳歌(おうか)していた。

きっと一回目の人生は、いろいろと選択を誤っていたのだ。これまでの失敗を振り返り、別の人生を歩めるようにしたい。

人生について深く考えるのは、もうしばらく先でいいだろう。わたくしは、まだまだ幸せな子ども時代を楽しみたかった。

窓の外には、緑輝く田園風景が広がっていた。鳥は楽しげにさえずり、蝶は軽やかに舞っている。ここは自然に愛された土地、ミュンヘン。

ヴィッテルスバッハ家の所有領で、美しい湖と野山に囲まれていた。

ポッセンホーフェン城館の庭には、父が職人に作らせたサーカス小屋がある。そこで、父がサーカス団員に習った曲馬を見せてくれるのだ。

二頭の馬の背に立ち、駆け回る様子は勇ましく、最高にかっこよかった。いつか、わたくしも父のように曲馬をしたいと望んでいたのだ。

ここで、ふと思い出す。そういえば、二つ年下の弟ガッケルが、父の曲馬の真似をして馬に跨がった結果、生死をさまよう大怪我を負った事故があったような。

あれがきっかけで、ガッケルは視力が弱くなった。大人になってから、「眼鏡は不便だ」という話を、何度か聞いた記憶が残っている。

たしかあれは夏至の頃——お父様が葉巻を一本吸っている間に起きた事件だった。ちょうど、今頃である。

「——あっ！」

窓の外に、父と並んで歩くガッケルの姿が見えた。向かった先は、サーカス小屋。きっと、今から曲馬を見せるのだろう。

わたくしは慌てて駆け出し、二人のあとを追ってサーカス小屋に行く。

息を切らしながら、走って、走って、走った。

「ぎゃあ〜〜〜‼」

サーカス小屋から、ガッケルの叫び声が聞こえた。遅かったか。

急いで扉を開くと——馬の背に片足で立つ父の姿があった。

「すごい！　すごいよ、おとーたま！」

ガッケルは父の曲馬を見て、大喜びしながら手を叩いていたのである。

安堵と共に、その場に頽れてしまった。

「シシィ、みてよ、おとうたま、すごいの！」

「シシィではなく、お姉様とお呼びなさい」

「おねえたま？」

「お姉様！」

「おねーたま……」

「いいわ、シシィで」

途中で、曲馬を見ていないと父が憤る。くすりと笑い、ガッケルをしっかり抱きしめ、わたくしも父の曲馬を楽しんだ。

もう、ガッケルが大怪我を負うことはない。すっかり安堵したわたくしであったが、事件は起きた。

乳母の目を盗んでガッケルは家を飛び出し、父の馬に跨がって落馬してしまったのだ。大怪我を負い、医者は今夜が峠だと言っていた。家族が悲しみに包まれる様子は、記憶そのまま。

——あの日、事故を防いだのに、なぜ？

当然ながら、わたくしの問いかけに答えられる者は誰一人としていない。

ここで、わたくしはとんでもない事実に気づく。決められた運命は、変えられないのだと。

先に起きる事件はわかっているのに、回避できない。

まさか、この先フランツ・ヨーゼフとの見合いを回避しても、いずれどこかで出会ってしまうのだろうか？

もう二度と、シェーンブルン宮殿に足を踏み入れることはないと確信していたのだが……。

幸せな子ども時代が終われば、わたくしにとって暗黒時代であった皇帝フランツ・ヨーゼフとの結婚が待っている。

それだけは絶対に避けたいのに。

運命から逃れられないという事実は、わたくしの心に暗い影を落とした。

もしかしたら神は、ハプスブルク王朝が滅びた原因はわたくしにあるのだと主張したいがために、二回目の人生を送らせようとしているのだろうか。

しかし、次々と大切な人が死んでいく人生なんて、二度と経験したくない。

神は知っているのか。血の通わない人の手の冷たさを。動かなくなった体に、語りかけることへの空しさを。

思い出しただけで、ポロポロと涙が零れてくる。

――神よ、わたくしは懺悔します。ハプスブルク王朝が滅びた原因は、わたくしにあると認めます。だから、もう二度と、同じ轍を踏ませないでください。

神は何も答えず、沈黙を貫いたまま。

わたくしは枕を濡らす夜を、何日も何日も過ごした。

＊　　＊　　＊

一度、陛下に「わたくしのどこに惹かれたの?」と、尋ねたことがあった。

陛下は顔色も変えずに、「バート・イシュルの地に、天使が舞い降りてきたのだ」と言いきった。

残念ながら、陛下の前に降り立ったのは天使ではなく、ハプスブルク王朝を滅ぼす要因となった悪魔である。

きっと、朴念仁の陛下にとって、わたくしは珍しい部類の女だったのかもしれない。

わたくしは子どもだったから、相手が皇帝陛下だと知らずに天真爛漫に振る舞ってしまったのだ。

二回目の人生は、絶対に間違えない。出会って見初められるなどもってのほか。

どうしたら、陛下にとって魅力のない女性として映るだろうか。

一晩中考えた結果、名案が閃いた。

そういえば、ゾフィーは男性顔負けの才色兼備で、社交界ではドレスを纏った『男』として恐れられていたという話を聞いたことがある。

わたくしも『男』になり、陛下の前に現れたらいいのだ。きっと天使とはほど遠いわたくしを見て、真っ青になって逃げ出すはず。

そうと決まったら、すぐに行動に移す。わたくしはお父様に、おねだりをしに行った。

「お父様、お願いがあるの！」

「なんだい、シシィ？」

父は子どもにすこぶる甘く、おねだりを断ったことがない。優雅に紅茶を飲む父に、わたくしは最大のぶりっこをしながら願った。

「わたくし、帝王学を学びたいの。家庭教師と軍人の先生を雇ってくれる？」

想像もしていなかったおねだりだったのだろう。父は口に含んだ紅茶をすべて噴き出した。ゲホゲホと咳き込んでいたので、優しく背中を撫でてあげる。

帝王学というのは、文武を極め、玉座に座るに相応しい教養を身につけること。ごくごく普通の貴族の娘が、学べるものではない。

「シ、シシィ、何を言っているんだ！　帝王学なんて、ルートヴィヒ・ヴィルヘルムも習っていないぞ。王様にでもなるつもりか？」

「いいえ、お父様。わたくしがなりたいのは、王様ではないわ」

わたくしは、『男』になりたい。でも、姿形だけの『男』なんて意味がない。わたくしがなりたいのは、美しいドレスを纏い、国を裏から牛耳っていた、ゾフィーみたいな強烈な『男』だ。

頭でっかちなだけではダメだ。武力も身につけていなければ。

武芸を身につけていなかったから、暗殺者への咄嗟の護身もできなかったのだ。

文武を極め、高みを目指す。皇帝フランツ・ヨーゼフが一切魅力を感じない、強い存在にならなければ。……なんてことは言えない。にっこりと、微笑むだけにしておく。

「お父様、一生のお願い！」

「うーん、帝王学か。シシィには、かなり難しいと思うけれど」

「それでも、わたくしはやってみせるわ！」

いくら頼み込んでも、父は眉尻を下げて困るばかり。体をゆさぶっても、うんともすんとも言わない。

「即断即決はできないな。一回、ルドヴィーカと相談してみるよ」

「お母様は、ダメって反対するに決まっているわ！　お願い、お父様の権限で、許可を出して！」

「人生にかかわることだから、一人では決められないよ。シシィ、君は、バイエルン王家のプリンセスなんだ」

「プリンセスっていっても、わたくしは直系じゃなくて、傍系じゃない」

「そうだけれど、子どもたちの習い事は、私に決定権はないんだよ。まずはルドヴィーカの意見を聞かなければ」

嫌な予感はしていた。

母とゾフィーは姉妹で、複雑なコンプレックスを抱いている。ゾフィーは直系の王族に嫁いだのに、母は傍系の王族にしか嫁げなかったのだ。

きっと、かつてのゾフィーのように学問に打ち込みたいと望んだら、反対するに違いない。そんなわたくしの予想は見事に的中。母は目を吊り上げながら、大反対をしたのだ。

「貴族の女性に必要なのは、教養ではないわ。健康な子を産む健康的な体と、殿方の目を惹きつける魅力よ。それらをどうやって培っていくか、シシィに教えたでしょう？」

「ええ。刺繍にお喋り、ダンスを嗜み、それから舞台や音楽会、美術館に出かけて芸術に触れ、豊かな感性を育てるように、でしょう？」

「その通り。立派な淑女となるプログラムに、帝王学は含まれていないわ」

母の頭はダイヤモンドよりも硬い。いくらわたくしが望んでも、首を縦に振ろうとしなかった。

必死になって説得をしている中、父が余計なことを言う。

「まあまあ、冷静になれ。君の姉君であるゾフィーだって、学問を身につけ、夫を助けているという話ではないか。これからの時代、女も学問を身につけるべきだと、思わないか？　男が皆、賢いとは限らないからな」

「あなたは黙っていて‼」

父は母の触れてはいけない部分を見事に踏み抜き、大爆発させてしまう。父に釘を刺すのを忘れていた。母の前で、ゾフィーと比べるようなことは言わないほうがいいと。

「そんなに勉強がしたいのならば、フランス語の先生に来ていただきましょう。それで、満足でしょう？　もう、この話は終わり。いいわね？」

完璧な淑女の条件の一つ、お喋りに必要な語学はいくらでも身につけていらしい。けれど私はすでに、一回目の人生でフランス語は習得している。二回目の人生の特典といえばいいのだろうか。いや、一回目の人生における頑張りの成果か。

勉強は大大大嫌いだった。それなのに、皇妃としての必要最低限の教養だと説き伏せられ、無理矢理叩き込まれたのだ。

「お母様、わたくし、フランス語は話せてよ？」

「馬鹿なことを言わないでちょうだい」

吊り上がった目をさらに鋭くしながら返す母に、わたくしはフランス語で「お兄様の本を読んで、勉強したのよ」と答える。

「まあ‼　シシィ、あなた、いつの間に⁉」

ペラペラ喋ってみせると、両親は驚愕の表情でわたくしを見つめる。こんな顔を見るのは初めてだったので、なかなか爽快だ。

「ルドヴィーカ、シシィはまだ六歳だ。それなのに、フランス語を独学で操るなんて、普通じゃない」

「え、ええ……」

「知識を間違った方向に身につけないよう、先生が必要だ。でないと、大変な事態になるぞ」

「そうね」

一晩待つように言われ、翌日に話し合いの結果を教えてくれた。

「シシィ、君に、ありとあらゆる知識と、自らを守る術を身につける機会を与えよう。けれど、途中で投げ出すことは許されない。いいね？」

「ええ、もちろん。望むところよ」

こうして、私は学ぶことを許された。とはいっても、一流の教師を集めた帝王学レベルではない。ほどほどに詳しい教師を招いて、日々勉強に励む。

五カ国の外国語に地理、歴史、絵画、ダンス、音楽、フェンシング、数学、工学、哲学、医学と、一日五時間の授業が毎日休みなく組まれた。

どこから探してきたのか、フェンシングを教える軍人は女性で、厳しい人だった。訓練中は水を飲むことも、座ることさえ許されない。けれど、一回目の人生で行ったダイエットや、体操に比べたら、なんてことない。辛い練習にも、絶対に耐えてみせる。

家庭教師は、かつてのバイエルン王に教鞭を揮ったお爺ちゃん先生が通ってくれている。こちらも、かなり厳しい。

頭が爆発しそうになったけれど、テストのあとのお菓子を楽しみに頑張った。

授業で特に面白いと感じたのは、歴史の授業だ。国の成り立ちや戦争、革命など、とても興味深い。

世界の歴史の中に、ハプスブルク王朝が崩壊した理由が隠されている気がした。それは、オーストリアの歴史を知るだけでは、把握できないだろう。もっと他の国の歴史を勉強しなければならない。

二年目は科目がさらに追加される。正書法に宗教、水泳など。

これまでは週三十五時間だった勉強時間が、週五十六時間にまで増えた。

何度もめげそうになったけれど、母が定期的に「辛かったらやめなさい」と言うので、負けず嫌いな私は逆にやる気が湧いてきたのだ。

脳天気な父は、私を遊びに誘おうとする。

「私は、以前の明るくてお転婆なシシィが好きだったな。今のシシィは、なんというか、その、男みたいだ」

それは、最大の褒め言葉である。着実に、わたくしはゾフィーへ近づきつつあるのだ。

そんな変化は、自分でも実感していた。学問を叩き込まれると、自ずと気づく。何も知らなかった甘ったれた自分に。

たとえば、オレンジだけで食事を済ませるわたくしに、陛下は「オレンジばかり食べているせいで胃酸過多になり、吐き気や胸焼けがするのでは？」とおっしゃっていた。当時はただの厭味だと思っていたが、医学を学んでいるとあながち外れた指摘ではなかったのだな、と振り返れる。

わたくしは知識がないばかりに無理なダイエットを重ね、自分の体を苦しめていたのだ。知識はわたくしの身を守る鎧となる。それを知っただけでも、大きな進歩だろう。これからも、さまざまな学問を修めなければ。

父に会釈し、去ろうとしたら引き留められる。

「シシィ、根を詰めて勉強ばかりしていたら、飽きるだろう？　息抜きに、乗馬に行かないかい？」

「お父様は、息抜きばかりね」

「人生には、息抜きが必要なんだよ」

わたくしはお父様が大好きだった。

大人になったら、お父様みたいにサーカス小屋を開いて曲馬するのを夢見ていた。それから、好きなときに旅行に出かけたり、ボート漕ぎや水泳をしたりして、自由に生きたいとも思っていた。今となっては、遠い過去の話である。

お父様の息抜きはすべて、現実逃避だったのだ。苦しみから逃れるための手段に過ぎない。わたくしは幼少期に父から楽しみだけを学び、人生の苦しみや辛い現実は学ばなかった。

結果、『皇妃様（カイゼリン）は旅の御方（ライゼリン）』などと民衆から揶揄（やゆ）されることとなった。

この父こそが、諸悪（しょあく）の根源だったのだろう。

陛下と結婚してからも、「お父様みたいに、自由に旅したい」とぼやいていたかつてのわたくしの頬を叩いて、それは間違いであると言い聞かせたくなる。

「さあ、シシィ、行こう。人生には楽しみも、必要だ」

「いいえ！」

父の手を振り払い、回れ右をしてこの場を去る。今のわたくしは、以前の甘ったれたシシィではないのだ。

強く、強くならなければ。二度と、血に塗（まみ）れた不幸な人生なんて歩みたくない。

十歳になる頃には、一日十時間、週七十時間も学問や武術を習得する時間に割り振っていた。両親は諦めたのか、好きなようにさせてくれる。

勉強に傾倒（けいとう）するうちに、趣味や思想は変わりつつあった。

一度目の人生では乗馬が大好きで、馬はわたくしのよき友だった。今も大好きなのに変わりはないが、傾倒するほどではない。

軍の先生に、正しい知識と乗馬法を習ったからだろうか。それとも、馬に跨がって遊びに出かけることがなくなったからか。

馬といったら、思い出す。あれは、嫁いだばかりの頃だった。

わたくしは乗馬が大好きだったのに、ゾフィーは禁じてしまったのだ。絶対に落馬しないと訴えても、危ないと怒って聞く耳を持たなかった。あのときは、なんていじわるを言うのだと、一人憤っていた。

けれど今、冷静になって振り返ってみると、たしかに危険な行為だったように思える。もしも、息子ルドルフの嫁であったシュテファニー妃が「乗馬したい」などと発言したら、わたくしは止めていただろう。

結婚したからには、いつでも懐妊の可能性がある。落馬をして流産したら、本人も周囲の者たちも立ち直れないだろう。

ゾフィーと同じ立場になったとき、あのときの彼女の感情を理解してしまった。

そもそも、だ。わたくしは本当に、世間知らずだった。ゾフィーの発言はすべて悪と決めつけ、お小言の意味を考えずに耳を塞いでいた。

ゾフィーは正しく、間違っていたのはわたくしだった。もしもすぐに気づいていたら、関係は悪化の一途を辿(たど)らなかっただろう。

今までのわたくしはなんて愚かだったのだろうか。ため息ばかりついてしまう。と、憂いている暇はない。

わたくしは十歳となった。この年にウィーンで革命が起こり、ゾフィーが息子たちを引き連れ、インスブルックの宮廷に一時避難するのだ。その際、母は子どもたちを連れてゾフィーを訪問する。

わたくしはそこで初めて、皇太子時代のフランツ・ヨーゼフと出会うのだ。当時の彼に関する記憶はほとんどない。十歳の子どもだったからだろう。

見目麗しい従兄弟たちと会えることよりも、遠出をして遊ぶほうに情熱を注いでいたのだ。本当に、わたくしはお子様だった。

そろそろ、話が浮上してくる頃だろう。絶対に、行かないようにしないと。

見初められるのは、五年後のバート・イシュル。わかっているけれど、彼には二度と会いたくない。何があっても、顔を合わせないように努めなければ。

インスブルックには行かず、留守番をするという決意を固めていたが、家族全員で行くというので、強制的に連行されてしまった。

「……呆れた。ここまでするとは思わなかったわ」

今、わたくしは両手、両足を縄でぐるぐるに縛られた状態で、馬車に乗っている。

「だって、シシィったら、部屋に籠城するんだもの。まさか、大きな棚を動かして、扉が開かないようにするなんて、どこで覚えたのかしら?」

母がため息交じりでぼやく。

一回目の人生で、公式行事に出たくないので、責め立てる侍女から逃れるために覚えたとは口が裂けても言えない。

「シシィ、あなたね、勉強のしすぎなの。何を目指しているのかわからないけれど、たまには息抜きも必要なのよ」

「お母様の口から息抜きなんて言葉が聞けるとは、思わなかったわ」

「だって、一日十時間も勉強したり、軍人を呼んで訓練したりしているのですもの。病的よ」

その言葉は、一回目の人生でも耳にした。当時は、ダイエットのしすぎだと呆れられたのだけれど。

会話が途切れた瞬間に、ガッケルが母に質問する。

「お母様、お父様は？」

「……あとから追いかけてくるから、安心なさい」

父は当日になって「急に腹を壊した」と訴え、インスブルック行きの馬車に乗らなかったのだ。お腹の調子が治ったら、追いかけるからと言っていたものの、絶対に来ないことはわかっている。

父は厳格なゾフィーが大の苦手で、顔を合わせるのをなるべく避けているのだ。

ガッケルはインスブルックで父と過ごすのを楽しみにしていたが、それは叶わないだろう。可哀想な弟を、ぎゅっと抱きしめてあげる。

「ガッケル、インスブルックでは、わたくしがたっぷり遊んであげるから」

「シシィがぼくと遊んでくれるの？　やったー！」

ここ数年、勉強に打ち込むあまり、ガッケルと遊ぶ機会はぐっと減った。今回の旅行は、可愛い弟と戯れるいい機会だったのかもしれない。

「わー、シシィ、見て！　大きな山があるよ！」

「あら、本当。きれいね」

窓の外に広がるのは、優美なアルプス山脈。

チロル州の州都インスブルックは、雄大な山の麓にある自然豊かな街で、ミュンヘンからも馬車で五時間と、比較的近い。

インスブルックは『イン川を繋ぐ橋』という意味を持ち、アルプスの山を水源とし、街を横断するように川が流れているらしい。

そんなインスブルックはオーストリアの『陰の首都』とも呼ばれている。古くからハプスブルク家に愛される土地で、立派な王宮もそびえ立つ。

なぜ、インスブルックの地に王宮があるのか。それは、歴史を遡らないといけない。

「ハプスブルク家がインスブルックの地の統治を始めたのは、今から五百年以上も前。それからしばらく経って、神聖ローマ皇帝マキシミリアンが、この地を国の要地と判断し、王宮を作ったのよ」

「シシィ、歴史の先生みたい。なんだか、眠くなるよ」

「もう、ガッケルったら！」

ガッケルはわたくしの膝を枕に、寝転がる。本当にスースーと寝息を立て始めたので、呆れてしまった。

私の話に興味を示したのはガッケルではなく、母のほうだった。

「シシィ、驚いたわ。詳しいのね」

「ええ。歴史は、特に興味があるの」

なぜ、ハプスブルク王朝は滅んでしまったのか。それを知るために、わたくしは歴史を遡って調べていたのだ。

ハプスブルク家に繁栄をもたらしたのは、古くから掲げる家訓を守っていたから。

――戦争は他家に任せておけ。幸いなオーストリアよ、汝は結婚せよ

余所の国と政略婚姻を結び、隆盛の時代を勝ち取っている。

ハプスブルク家は多産の家系であることも有名だ。マリア・テレジアは十六人の子を産み、各々余所の国の国王や公女と結婚させている。

武力に頼らず、ここまで勢力を得た王朝はハプスブルク家以外に存在しないだろう。

そんなハプスブルク家の勢いに陰りが見え隠れし始めた原因の一つが、各地で発生した革命である。

今回の革命も、フランスの二月革命の成功がきっかけだったようだ。

「それはそうと、ウィーンで革命が起こっているなんて……」

「シシィ、心配いらないわ。民衆が、ただ騒いでいるだけだから。そのうち収まるでしょう。取るに足らない、小さな事件よ」

わたくしは、そうだと思わない。

たしかに母の言う通り、民衆一人の力は小さい。けれど、団結したら、それは王家を脅かす鋭いナイフ……いいえ、とどめを刺す大剣にもなるのだ。

少しでも民衆の訴えに耳を傾けていたら、ハプスブルク王朝は滅ばなかっただろう。

これまで、ハプスブルク家の凋落（ちょうらく）の原因はわたくしと陛下の結婚だと思い込んでいた。

自分を責め、涙で枕を濡らす夜もあった。

しかしながら歴史を学んだ結果、それは間違っていたと自信を持って言える。

……まあ、かといって、一回目の人生と同じように、陛下に嫁ぐつもりはさらさらないけれど。

二回目の人生は、絶対に幸せになるのだ。誰にも、邪魔をさせない。

今回の訪問も、顔合わせを避けるようにしなければ。

ほどなくして、インスブルックの街に辿り着く。

「シシィ、見て！　街からあんなに山が近い」

「ガッケル、走ったらダメよ」

インスブルックはアルプスの山に抱かれるように広がっている。空気が澄んでいて、とても美しい街だ。

ハプスブルク家の王宮がなければ、お気に入りの地となっていただろう。

ぼんやり景色を眺めていたら、物売りがわたくしにマグカップを差し出してくる。

「お嬢さん、フランツ・ヨーゼフ殿下の誕生日を記念して作られた、肖像画入りのマグカップはいかが？」

「――ッ！」

目の前にフランツ・ヨーゼフの顔が飛び込んできたので、驚いてしまう。

「や、やだっ‼」

顔なんか見たくない。そう思ってマグカップを押し返したら、物売りの手からマグカップが離れ、地面に落ちてしまった。

「お、おい！　何しやがんだ！」

振り向いた先にいた物売りが持つ木箱の中には、フランツ・ヨーゼフの肖像画が描かれたマグカップが入っていた。

フランツ・ヨーゼフの灰色の目が、責めるようにわたくしを見ている気がしてゾッと鳥肌が立つ。

「きゃあっ！」

「シシィ、何をしているの⁉」

「お母様！」

やってきた母に抱きつき、物売りの持つフランツ・ヨーゼフの姿が目に入らないようにする。

割れたマグカップと怒る物売りを見た母は、瞬時に事情を察してくれたようだ。

「まったくもう。シシィったら」

「ごめんなさい……」

母は侍女に命じ、マグカップ代を支払ってくれたようだ。物売りの機嫌のいい声が耳に届き、しだいに遠ざかっていく。

「シシィ、もう大丈夫よ」

「お母様、ありがとう」

「いろんな人がいるから、気をつけるのよ」

「わかったわ」

母と話しているうちに、落ち着きを取り戻す。

それにしても、マグカップに描かれたフランツ・ヨーゼフを恐れてしまうなんて情けない。

フランツ・ヨーゼフの誕生月なので、肖像画を使った記念の品は街中に溢れているのだろう。なるべく見ないようにしなければ。

王宮へ赴く前に宿に立ち寄り、身支度を整えさせられた。フリルとリボンで溺れそうなほどの、華美なドレスを纏う。

母の脳内には、結婚と結婚、そして結婚しかない。今日やってくる、ゾフィーの四人の息子にわたくしたちをお披露目して、気に入ってもらう算段なのだろう。そんなの、お断りだ。

「痛た、イタタタ……！」

「まあ、シシィ、どうかしたの？」

「お腹が、痛いの」

「ちょっと待って。お医者さんを呼びましょう」

「大丈夫。緊張すると、いつもこうなるの」

「あら、そうだったかしら？」

「ええ。休んでいたら、よくなるから」

「だったら、ここで休んでいるといいわ」

母は美しく着飾らせたヘレーネを見て、満足げに頷く。わたくしはまだ、花嫁候補に入れるには幼すぎる。今回はとりあえず、ヘレーネを見初めてもらったら儲けもの、とでも思っているのだろう。

それにしても、父が使っていた仮病があっさり通じてしまうなんて。

母はわたくしの世話を宿の客室係に任せ、るんるんと鼻歌を歌いながらご機嫌な様子で出かけていった。

ふうとため息をつきながら、ふかふかの布団に身を沈める。いろいろ考えすぎて、疲れてしまった。

瞼を閉じたけれど、少しだけ興奮しているのか、ゆっくり眠ることができない。

だって、この地にフランツ・ヨーゼフがいるのだ。まだ即位していないので、愛称である「フランツィ」とでも呼ばれているのだろう。

――シシィ、私の天使

一回目の人生の記憶が甦る。額に、ぶわりと汗が滲んだ。どれも、忌々しいものだ。全身に悪寒が走り、寝転がってなんかいられずに起き上がる。

一杯の水を飲み干したが、ドクンドクンと鼓動する胸は一向に落ち着かない。少し、気分転換が必要なのだろう。

カーテンを開けると、街の郊外に美しい丘が見えた。あそこを、馬で走ったらきっと気持ちいいだろう。

どうにか抜け出したいが、母が宿の者を部屋の外につけている。つまり、見張りがいるのだ。

しかし、こういった場合の脱出方法は、よく心得ていた。なんたって、わたくしは『皇妃様は旅の御方（カイゼリン・ライゼリン）』だったのだ。

革靴に仕込んでいた金貨を手に取り、扉を開く。

「お嬢様、いかがなさいましたか？」

見張りは、年若い男だった。金貨を見せると、目の色を変える。

「あなたに、お願いがあるの。これで、叶えていただける？」

「なんなりとお申しつけくださいませ」

あとは、簡単だ。男に馬を借りてくるように命じ、馬に跨がる。別れ際に金貨を握らせ、「ずっと黙っていたら、さらに銀貨を渡す」と言えばいいのだ。

あっさりと、宿の脱出に成功した。

ただ、これがヴィッテルスバッハ家の侍女だったら、上手くいかなかっただろう。彼女らには、わたくしを守る使命感が根づいている。どんなわがままを言っても、通じない。

母はハプスブルク家の王子らにヘレーネを紹介することしか、頭になかったのだろう。ヘレーネの世話をさせるために、侍女をすべて連れて行ってしまった。

街は足早に通り過ぎる。十歳の子どもが、一人で馬に跨がっているなんておかしなことだから。

久しぶりに、馬を走らせた。風を切るのは、なんて気持ちがいいのか。

やっぱり、乗馬は楽しい。生まれ変わっても、馬が大好きな気持ちを変えることなんてわたくしには無理だったのだろう。

あと少しで街を出ようとしていたそのとき――背後から叫び声が飛んでくる。

「待て、このじゃじゃ馬娘‼」

馬に跨がった誰かが、わたくしを追いかけてきていた。

全身に鳥肌が立つ。年若い男性の声で、どこかで聞いた覚えがあるような気がしたからだ。

鞭で馬を叩き、速度を速める。幸い、人通りが少ない街道に出てきた。このまま逃げきったら、捕まらないだろう。

「待てと言っている‼」

「ひえっ！」

なんという執念深さなのか。まだ、追いかけてきているようだ。恐ろしくて、振り返れやしない。わたくしは必死になって、馬を走らせた。

宿の窓から見えた美しい丘に辿り着いたのに、ぜんぜん景色を楽しむ余裕なんてない。

背後から蹄鉄の音と男の叫び声が耳に届いていたが、だんだん聞こえなくなる。ようやく、諦めてくれたようだ。

小高い丘に一本の木が生えていた。そこで、馬を休ませる。

木の枝を伝って馬上から地上に下りると、膝の力が抜けてその場に頽れてしまった。

息を整えていると、馬が遠くを見つめているのに気づく。

目をこらしてみたら、馬を駆る誰かがこちらへ接近していた。

撒いたと確信していたのに、逃げきれていなかったようだ。

混乱状態になったわたくしは、木に登って身を隠す。馬を繋いでいるので、バレバレだけれど、姿を見せるわけにはいかないと思ったのだ。

あっという間に、馬に乗った男は木に辿り着いてしまった。

ドクンと、大きく胸が跳ねる。

現れたのは、艶やかな金色の髪に、灰色の双眸を持つ年若い男。鷲のような意志の強さが滲む瞳に、スッと通った鼻筋、威厳を感じさせる唇。鍛えられた体を、軍服で包んでいた。異常に整った美貌の青年は、わたくしがよく知る人物だったのだ。

フランツ・ヨーゼフ!

オーストリア皇帝にして、わたくしの夫だった男である。

なぜ、彼が供も連れずにここにいるのか、理解に苦しむ。

「……馬だけか？　たしかに、少女が跨がっていたのに」

どうやら街中でわたくしを見つけ、不審に思って追ってきたようだ。

最低最悪の偶然である。

てっきり今頃、母やヘレーネと会ってお茶でも飲んでいると想定していたのに。街中をうろついているなんて。

たしか今、彼は十八歳で、皇太子という重要な立場にいるはず。

革命から逃れ、インスブルックの街にやってきたのに、どうしてわたくしを追ってきたのだろうか。

もしかしたら、まだハプスブルク家の象徴たるフランツ・ヨーゼフになっていないのかもしれない。

わたくしを見初めたのは、二十三歳のときだった。当時に比べたら、どこかあどけなさを感じる。

つまり、彼の中にほんのちょこっと残った甘さが、こうしてわたくしを追いかけさせてしまったのだろう。そう、勝手に結論づける。

早くここから去ってくれと願ったが、おそらく叶わないだろう。わからないことは、トコトン追求する人だ。きっと、見逃してはくれない。

だったら、こちらから先制攻撃するしかないだろう。

「――ねえ、あなた。そこで、何をなさっているのかしら？」

「なっ、木の上にいただと？　どうやって登ったんだ⁉」

「わたくしには、羽があるの」

「天使だと言いたいのか？」

「天使じゃないわ！　わたくしは、わたくしよ！」

かつての陛下がわたくしにおっしゃった、「天使」というワードが出てきたので、ついカッとなって強く言い返してしまう。

話しかけてしまったことを、深く後悔した。

「天使でなかったら、名乗るんだ。まったく、一人で馬に跨がってこんなところに来るなんて。親の顔が見てみたい」

親だったら、ハプスブルク家の王宮にいる。思う存分、確認してきてほしい。……なんてことは言えないけれど。

「君はどうして、こんなところにやってきた？」

「同じお言葉をお返しするわ。見たところ、尊いご身分のようですが、供も連れないでこんなところにいらっしゃるなんて、随分と浅はかではなくって？」

「なんだと⁉」

眉を顰め、目尻を吊り上がらせながらわたくしを見上げる。

子ども相手だからか、冷静沈着な様子は欠片も感じない。

「嫌だわ。あまり、こちらを見ないでいただける？　スカートの中身が見えてしまうから」

「相手が淑女であれば謝るが、木の上から見下しつつ話しかけるのは淑女ではない」

そんなことをぶつくさ言いながら、馬から下りる。木に登ってこようとしたので葉っぱをちぎり、大量に散らして妨害した。

「何をする！」

「それはこっちの台詞よ。わたくしは好きでここにいるの。かまわないでちょうだい」

「子どもが一人でこんなところにいるのを、見逃すわけにはいかないだろう」

「まあ、お節介さんね」

なぜ、彼とこんなところで口論しているのか。だんだんと、頭が痛くなる。

「ねえ、お願いよ。わたくしは本当に大丈夫だから。あなたも、これから用事があるのではなくって？」

フランツ・ヨーゼフは質問には答えず、木の根元に腰を下ろしてしまった。わたくしが下りてくるまで、ここから去らないのだろう。

意地の張り合いでも始めるつもりか。

金色の髪に、葉っぱが残ったままだ。その様子が面白くて、くすくす笑ってしまう。

「何がおかしい？」

「別に。それよりもあなた、オーストリアの皇太子様でしょう？」

「──ッ！　なぜ、それを？」

「皇太子フランツ・ヨーゼフ誕生十八年目を祝した、肖像画入りの記念品（スーベニア）が売られていたのは、ご存じでない？　それに、新聞で報じられていたもの。ハプスブルク家の人たちは、革命から逃げるようにインスブルックの街へ、ってね」

わたくしの言葉に彼は唇を噛みしめ、悔しそうにしていた。このような表情を見るのは、初めてである。ゾクゾクと、嗜虐（しぎゃく）心が刺激されてしまった。

陛下だった彼にたてつく言動や行為は許されなかったが、今のわたくしはただの子どもで、咎める者はいない。好き勝手、思ったことを言わせてもらう。

「ふふ……いくじなし」

「なんだと!?」

「だって、そうじゃない。ウィーンで革命が起きたから、インスブルックの街にやってきたのでしょう？」

「……」

返す言葉が見つからないのだろう。悔しげな表情を、見下ろすことができた。なんだか胸がスッとする。

「あなた、革命についてはどのようにお考えになっているの？」

「愚かな行為としか思っていない」

「脅威とは、感じていないの？」

「脅威？　なぜ、我々が市民の革命を、恐ろしく感じなければならない」

そんな答えを耳にしたら、笑いがこみ上げてしまった。

「ふふふ……あはは」

「何がおかしい⁉」

「だって、革命を、軽んじている発言を聞いたものですから」

市民が自由を叫び、皇帝がそれを退ける。その結果、ハプスブルク家の者たちは次々と暗殺されてしまった。

彼は予想もしていないのだろう。皇帝が権力を持つ絶対王政を推し進めた結果、ハプスブルク王朝が滅んでしまうことを。

「今回の革命など、ただの小火に過ぎない」

「でも、小さな火が燃え広がったら、大火事になるのよ？　あなたは、フランス革命から、何も学んでいないのかしら？」

「それは——！」

ブルボン朝の絶対王政に不満を持った人々が武器を手に、市民革命運動を起こした。

その結果、国王と王妃は断頭台で命を散らしたのだ。

「フランス革命は、ハプスブルク家だって無関係ではなかったでしょう？」

処刑された王妃マリア・アントーニア——フランス風に発音するならばマリー・アントワネットは、彼にとって曾祖叔母(そうそしゅくぼ)にあたる。

「聖職者と貴族が優遇される世の中は、この先崩壊するわ。もう、時代遅れなのよ」

「デタラメを言うな」

「デタラメではないわ。フランス革命のあと、貴族がどうなったかご存じ？　贅沢(ぜいたく)な暮らしができなくなって、路頭に迷う者もいたそうよ？　今、わたくしたちの生活が、誰のおかげで成り立っているのか、それをよくよく理解しないと、いつか寝首を掻(か)かれるの。あなたは、多くの民がいるからこそ、特別な存在でいられるんだわ。そのことを、ずっと念頭に置いておくと、幸せになれるかもしれないわね」

フランツ・ヨーゼフはハッとした様子で、わたくしを見上げる。

「君は——何者なんだ？　ただの、少女ではない」

「残念ながら、ただの少女よ」

「しかしなぜ、このように政治に詳しい？」

「新聞を隅から隅まで毎日読んでいたら、これくらいの知識は誰だって得られるわ」

「どこの世界に毎日毎日新聞を、隅から隅まで読む少女がいるというのだ？」

「ここに」

はー、と深いため息が返ってきた。やり込めることに成功したようで、清々(すがすが)しい気持ちで心が満たされる。

「言いたいことは、それだけか？」

「いいえ、まだあるわ」

もっとも大事なことを、伝えておく。

「ハンガリー人を粛清(しゆくせい)するのだけは、やめてちょうだい」

ピクンと、フランツ・ヨーゼフの片眉が跳ね上がる。みるみるうちに、表情が硬くなっていった。ゾフィーはハンガリーが大嫌いで、その影響を彼も受けているのだ。

当時のハンガリーとオーストリア帝国は、微妙な関係にあった。十六世紀よりハプスブルク家に支配されていた国を取り戻そうと、各地で反乱が起きていたのだ。鎮圧するだけでも、一苦労していたと聞く。

そんなハンガリーを、フランツ・ヨーゼフは即位した年に大粛清する。百名ものハンガリー人を、次々と処刑したのだ。

その結果、陛下は『血に染まった若き皇帝』と呼ばれ、恐れられてしまう。

さらに、数年後にハンガリー人より襲撃され、大怪我を負うのだ。

襲撃は粛清の報復である。失明の恐れがあったほどのダメージを受け、陛下は雨が降ると頭が痛むとぼやいていた。

「ハンガリーは、野放しにできない」

「力で押さえ込むだけじゃダメなのよ」

「支配とは、力だ」

「力では、何も解決しないわ」

「頭を使えと？　相手はただただ力を示すだけなのに？」

「それでも、力ずくはダメ。そのうち、あなたが傷つけたものが、何十倍、何百倍にもなって、しっぺ返しをしてくるはず」

「まるで、未来を見てきたように言うのだな」

彼の言葉に、胸がドクンと跳ねる。皮肉だろうが、的を射た言葉だった。少し、喋りすぎてしまった。

「歴史を詳しく勉強したら、わかることよ。どの国の王も、同じ過ちを繰り返しているから」

「それで、ハンガリーの味方をしろと言いたいのか？」

「そうじゃないわ。あなた自身がハンガリーの本質を見抜いて、どうするべきか考えてほしいの。きっと今まで、紙の上で知ったハンガリーの知識しかないはずよ」

フランツ・ヨーゼフのハンガリーに対する考えは、すべてゾフィーの刷り込みだ。今一度、認識を改めてほしい。

「ねえ、今のわたくしの話を聞いて、どう思った？」

「なぜ、それを君に言わなければならない」

「一生懸命教授してあげたから、意見を伺いたかったの」

「黙秘する」

「まあ、生意気ね」

「生意気なのは、君のほうだ」

フランツ・ヨーゼフは立ち上がり、木登りを始めようとしていた。

捕まるものかと、わたくしは木から飛び下りた。

「危ないっ‼」

地面に着地する前に、フランツ・ヨーゼフがわたくしの体を受け止めてくれた。

見事なスライディングキャッチだ。白い軍服は泥だらけで、きれいに整えた髪もぐちゃぐちゃになっている。

微かにシトラス・グリーンの淡い香りが漂い、胸がドキンと高鳴った。

久々にかいだ、陛下の匂いだったから。

「この、馬鹿娘が‼　地上まで、どれだけあるか、目測できなかったのか⁉」

木の上から地上まで、二メートルくらい。地面は草むらで、子どもの小さな体なので、受け身さえ取れたらかすり傷程度だろうことは予想済みだ。

それをそのまま伝えたら、さらに怒られる。このまま連れて帰って、お転婆で生意気な娘を

「君ほどの大馬鹿者を、見たことがない。このまま連れて帰って、お転婆で生意気な娘を育てた親の顔を見てやろうか」

かつての陛下は、常に冷静沈着、感情を表に出すことはなかった。それは、皇帝の仮面だったのか。

まだ即位していないフランツ・ヨーゼフは、ものすごく怒りっぽかった。

抱き留めたわたくしごと起き上がり、スカートに付着した土埃を払ってくれる。わたくしを膝から下ろしながら、ぶつくさと話しかけてきた。

「まったく、この馬にもどうやって跨がったのか。その短い足では、鐙にも届かないだろう？」

「乗せていただいたのよ」

「厩番にか？」

「いいえ、親切な御方に」

「ならば、その親切な奴も同罪だな」

「まあ、酷い」

「君のほうが、百万倍酷い。一人で抜け出して、家族は心配しているだろう」

「いいえ、平気よ。みんな、お出かけしているの」

フランツ・ヨーゼフは、わたくしに手を差し伸べながら言った。

「だったら、家族が戻る前に、帰るぞ」

「一人で帰れるわ」

「どうやって馬に跨がるんだ？」

「木に登って、鞍に飛び乗るの」

「危ないに決まっているだろう。落馬したらどうする？　それに、馬の負担にもなるだろう」

「それもそうね。だったら、わたくしを乗せていただける？」

フランツ・ヨーゼフは黙ってわたくしを抱き上げ、自分が乗ってきた葦毛の馬に跨がらせた。

「ねえ、こちらの馬は、わたくしの馬ではないわ」

こちらの言葉は無視して、フランツ・ヨーゼフは後ろに跨がる。

そして、わたくしの馬の手綱を握り、走り始めた。

「ちょっと、下ろして！　二人乗りなんて、認めていませんわ」

「しばらく黙ってくれないか？　耳が、キンキンする」

「あなたが、そうさせているのよ！」

落馬したら危険なので、暴れるわけにもいかない。その前に、フランツ・ヨーゼフの腕が腰を固定しているので、動けないのだけれど。

結局、わたくしはフランツ・ヨーゼフと二人乗りの状態で、インスブルックの街へ戻ることとなった。

街に到着した途端に、皇太子の護衛隊に取り囲まれてしまった。黒馬に跨がる護衛隊は、なかなか威圧感がある。

「殿下！」

「どちらへ行っていらしたのですか？」

「気分転換だ」

護衛を連れずに外出するのは困ると、こっぴどく怒られていた。内心、いい気味だと思う。

「そちらの令嬢は？」

「拾い物だ。保護者へ届ける」

「迷子ですか？」

「迷子じゃないわ！」

「君はそう主張しているが、間違いなく迷子だ。一度王宮へ連れて帰る」

言葉の端々がとげとげしい。わたくしに苛つき、一刻も早く手放したいと思っているに違いない。

もう、これだけ嫌われていたら十分だろう。五年後に、見初められることはない。

この辺りで、身分を明らかにする。

「いい？　一回しか言わないから、よーくお聞きなさい」

「なんだ、偉そうに」

「わたくしは、偉いのよ。バイエルンの、プリンセスだから」

胸を張って、身分を明かした。フランツ・ヨーゼフの表情はわからないけれど、護衛隊は呆然としている。

バイエルンのプリンセスだけでは、ピンときていないのかもしれない。

「わたくしの名は、エリザベート・アマーリエ・オイゲーニエ・フォン・ヴィッテルスバッハ、よ」

「ほう？」

わたくしの腰に回してあった腕に、力が入る。フランツ・ヨーゼフを振り返ると、今まで見たこともないほどの恐ろしい顔でわたくしを見下ろしていた。眉間に刻まれた皺は、ロシアのバイカル湖より深いのではと思うほどだ。

「これはこれは、君は、私の従妹殿だったわけか」

「ええ、そうよ。ご挨拶が遅れて、ごめんあそばせ」

大通りにある宿に部屋を取っている。そこまで連れて行くようにとお願いしたのに、別の方向へ走り始めた。

「ちょっと、そちらに宿はないわよ！」

「このまま帰すと思ったのか？」

「当たり前よ。お利口に、ご挨拶と自己紹介をしたでしょう？」

「誰がお利口だ！」

親の前に突き出してくれる。フランツ・ヨーゼフはそう毒づき、わたくしを王宮まで連れ去った。

ドーム状の尖塔に白亜を合わせた壁のロココ調の王宮は、マリー・アントワネットの母でもあるマリア・テレジアが改装し、生まれ変わった。屋根にはハプスブルク家の双頭の鷲が掲げられ、ギョロリと鋭い目を地上に向けている。

すぐ隣には、神聖ローマ皇帝であり、中世最後の騎士といわれていたマキシミリアン大帝の霊廟もある。

王宮の入り口へ辿り着くと、ようやく馬から下ろしてもらえた。

先に下りたフランツ・ヨーゼフが、わたくしを抱き上げてくれた。そのまま下ろすと思いきや、荷物のように抱えて歩き始めた。

「ちょっと、下ろしていただけるかしら？」

「下ろしたら、逃げるだろうが」

「逃げないわ！」

声が少々大きかっただろうか。天井が高い廊下に響き渡る。

「──騒がしいですね」

よく通る、凛とした声を耳にし、背筋が凍る思いとなる。わたくしの、知っている声だったからだ。

コツン、コツンと足音を鳴らしながら、接近してくる。

フランツ・ヨーゼフはわたくしを下ろし、背に隠すような位置へ誘う。

彼の長い足の陰から覗き込むと、そこには──フランツ・ヨーゼフの母であり、わたくしの天敵であったゾフィーがいた。

「なっ……!?」

彼女の姿を見た途端、絶句する。一回目の人生のときと、姿があまりにも違ったから。

フランツ・ヨーゼフ同様、軍人の制服に身を包んでいたのだ。手には、乗馬用の鞭を持っている。

髪は前髪と横の髪をカールさせ、垂らした毛は縦ロールにして結ぶという、男性がかぶる鬘のように整えていた。遠目から見たら、男にしか見えない。

もう四十近いというのに、不思議と細身の体に軍服がよく似合っていた。髪型や服装のせいだろうか。記憶にあるゾフィーよりも、迫力が増している。

それにしても、なぜゾフィーは男装をしているのか。鞭は、何に使うのか。

理解がまったく追いつかない。

「フランツィ、遅いですよ。どこをほっつき歩いていたのです?」

「少々、気分転換を」

「誰が、そのようなことを許可したのですか?」

「……」

フランツ・ヨーゼフの袖の下から覗く手が、拳を作る。おそらく、力強く握っているのだろう。太い血管が、浮き出ていた。

強い反感の意思を感じたが、何も言わない。相変わらず、彼は母親に逆らえないようだ。

「そもそも、なぜ服が泥だらけなのです? まさか、襲われたのではないですよね?」

「いいえ、違います。転んだだけ、です」

「まあ、なんて情けない。あなたは、次期皇帝である自覚がないのですか?」

「それは――」

フランツ・ヨーゼフの苦しげな声を聞き、思わず前に飛び出してしまった。

「待って。彼は、わたくしを追って、街の外に出てしまったの。転んだのも、木から飛び下りたわたくしを受け止めたから。悪いのは、すべてわたくしよ！」

「あなたは？」

ゾフィーが訝しげな視線をわたくしに向けると、空気がピリッと震える。

恰好は違えども、ゾフィーはゾフィーである。わたくしの、永遠の天敵。そして、〝宮廷内のただ一人の本物の『男』〟と呼ばれた女性。

「わたくしは――」

「まあ、シシィ!!」

母の叫び声が廊下に響き渡る。一緒にヘレーネもやってきた。

「どうしてこんなところにいるの？」

「いろいろあって」

「いろいろ、ね」

フランツ・ヨーゼフが意味ありげな発言をしたので、母は眉を顰める。

「シシィ、あなた、なぜ殿下と一緒にいたの？」

「偶然出会っただけ」

「お腹が痛くて宿で休んでいたあなたが、どうして殿下とお会いできるのですか！」

「あー、うん。そうなんだけれど……」

だんだんと、言い訳が苦しくなってきた。

母はフランツ・ヨーゼフとゾフィーに謝罪し、わたくしを連行する。

結果、インスブルックでの滞在期間、宿の部屋から一歩たりとも出てはいけないと命じられてしまった。今度は、監視役に侍女を三人もつけてくれた。本当にありがとうございましたと言いたい。

挨拶が終わったら、観光できると思っていたのに。完全に、軟禁状態である。

＊。。＊。。＊。。

勉強道具が入った鞄（かばん）は、母が重たいからと馬車から勝手に降ろしていたようだ。暇を持て余したわたくしは、寝台の上でゴロゴロ寝転がるばかり。

侍女が暇潰し（ひまつぶ）にと手渡してくれた本はすべて退屈。まったくもって無駄な時間を過ごしている。そんな中で、侍女よりわたくしに訪問者がやってきたと告げられた。

「お客様ですって？」

十歳の小娘に客だなんてありえない。もしや、昨日金貨を手渡した宿の男が、銀貨をもらいにきたのだろうか。

「ねえ、どなた？」

「フランツ・ヨーゼフ殿下ですわ」

「は⁉」

あの、天下の皇太子フランツ・ヨーゼフがわたくしに会いにきたと？

「いったい、なんの用事で？」

「さあ？」

昨日、ゾフィーに怒られた件で責任を取れと怒りにきたのだろうか。だとしたら、「よほどお暇なのね？」と問いかけたい。

「ふうん。フランツ・ヨーゼフ皇太子殿下が、わたくしに会いにいらっしゃったの。それは光栄なお話だわ。でも、ドレスも髪型もぐちゃぐちゃだから、お目にかかるのは失礼ではなくって？」

ゴロゴロしていたので、服も髪型も乱れている。誰かに会える状態ではないだろう。

「今から、整えますので。皇太子殿下は一階のラウンジでお待ちいただいております」

「えっ、断りましょうよ」

「なりません」

チップでも握らされたのだろうか。侍女はキビキビとした動きで髪を解き、ドレスを脱がせる。

髪は複雑に編み込んでクラウンのように巻き、ピンで固定させる。ベルベットのリボンを結んだら完成だ。ドレスはフリルだらけの、子どもっぽいデザイン。まあ、十歳なので、これが似合ってしまう。

侍女たちは三十分とかけずに、わたくしの支度を整えてしまった。

応接間へ移動し、フランツ・ヨーゼフを待ちかまえる。

なぜ、母が外出中にやってくるのか。ため息ばかり零れてしまう。

サテンの扇をぱらりと広げた瞬間、扉が叩かれた。それが、わたくしのドキンと鼓動する音と、どちらが大きかったことか。それほど、緊張しているのだ。

入室を許可すると、オーストリア帝国の皇太子フランツ・ヨーゼフが、わたくしの前に現れる。

「ごきげんよう。昨日ぶりね、皇太子様」

フランツ・ヨーゼフはわたくしの言葉に返事をせず、片方の眉だけピクリと跳ね上げた。

高い身分の御方がいらっしゃったとき、立ち上がって会釈し相手が言葉をかけるのを待つのが礼儀だ。

それなのに、わたくしは椅子に座ったまま、ふんぞり返って話しかけたので批難の視線を突き刺しているのだろう。

彼に嫌われたくてわざとやっているのだが、効果は絶大なようだ。

「どうぞ、お座りになって」

彼は無言で腰を下ろし、わたくしに鋭い目線を向けていた。なかなか喋ろうとしないので、急かしてみた。

「それで、なんのご用かしら？　オーストリア帝国の皇太子様が、直々にいらっしゃるなんて」

「叔母に、君を王宮に招待したいと言ったら、断られたのでな。直接来てやった」

「あら、そうでしたの。お母様が、直接の訪問を許可なさるとは、驚きだわ」

「許可は取っていない。侍女には、黙っておくように命じている」

「まあ！」

驚いた。母の反対を無視して、わたくしに会いにくるなんて。よほど、昨日のことを根に持っているのか。

「君と、話がしたくて」

「十歳の小娘と、何を喋りたいのかしら？」

「革命について」

「あら……そう」

茶化している様子はない。表情は真剣そのものだった。

「革命は取るに足らない騒ぎである。これが、皇室全体の答えだ。しかし、昨日の君の話を聞いて……正直なところ、考えが揺らいでいる」

やはり、彼はまだ、ハプスブルク家の絶対王政の思想に染まりきっていないのだ。

だからといって、別の思想に染めることは難しいだろう。フランツ・ヨーゼフは幼少期から徹底的に、絶対王政の英才教育を受けているのだから。

「君は、革命に対し、どう対策を執ればいいと考えている？」

「わたくしの意見をそのまま伝えたら、不敬罪で逮捕されてしまうわ」

「過激なことを、考えていたのだな」

「あなたたちにとっては、そういうふうに聞こえるかもしれないわね」

「不敬罪にはしない。言え」

「嫌よ」

人々の不満が高まれば、絶対王政は崩壊する。かつての、ハプスブルク王朝のように。

「あなた方は、自分の信じた道を進むのでしょう？　それを、貫き通せばいいのではなくって？」

二度目の崩壊を目にするなんて、わたくしはごめんだ。賢く優しい夫を迎え、バイエルンで幸せに暮らすほうがいいだろう。

これ以上、彼らにかかわるつもりはない。

「昨日は革命なんてとおっしゃっていたのに、何か心情に変化がありましたの？」

「悪夢を……見た」

「どんな悪夢？」

フランツ・ヨーゼフはわたくしから視線を逸らし、怖い顔で話し始める。

「私の家族が、次々と死んでいく夢だ……」

「えっ⁉」

全身、ゾワリと鳥肌が立つ。寒気を感じ、自身の肩を抱きしめてしまった。

悪夢を見るといっても、よく覚えていない嫌悪感のあるものだと思っていた。そういう悪夢であれば、わたくしもたまに見る。

しかし彼の場合、随分と具体的な悪夢だった。

「最初の犠牲者は、弟マクシミリアン。なぜかメキシコ皇帝として即位し、殺された。続いて死んだのは、まだ見ぬ息子。次に、二番目の弟カール・ルートヴィヒが病死して、会ったことのない美しい妻も、無政府主義者に殺されてしまう。皇太子に指名した甥も暗殺され――私は、一人寂しく死ぬ……という内容だ」

それらは、わたくしの一回目の人生で起きた悲劇の数々であった。

ドクン、ドクンと胸が激しく鼓動する。くらくらと、目眩も覚えた。気を抜いたら失神してしまいそうなほど、気分が悪い。

思い出したくもなかったのに、辛い記憶の詳細を語って聞かせてくれた。

視界がぐらぐら揺れて、不快な汗が滲む。今すぐ横になりたいけれど、彼の前で弱みを見せたくない。

歯を食いしばって、不調の原因たる人物を睨みつける。

フランツ・ヨーゼフは額にびっしりと、汗を掻いていた。悪夢に不快感を覚え、どうにもならない気持ちを持て余しているのだろう。

無理もない。夢であれ、家族の死を突きつけられるのは辛い。瞳には恐怖と、絶望の色が滲んでいた。

わたくしが暗殺されたときには、決して見せなかった姿である。

まだ、十八歳と年若い青年だ。すべての感情を殺すことは難しいのだろう。

もしも、今見せているように、彼がわたくしの死を知って孤独を覚えて涙していたら、幸せな亡霊になれたのだろうか？

過ぎた日々について考えるのは、不毛だろう。

それにしても、いったい誰が彼に残酷な夢を見せたというのか。わたくしが生まれ変わったという奇跡がある以上、フランツ・ヨーゼフが予知夢を見ることはなんら不思議ではないが……。

「絶対王政に対する不満は、どこの国でも起きているわ。それを、他人事だと考えていたら、きっと、市民の不満は爆発すると思うの」

「つまり、私が見た悪夢は、予言とも取れるものだと？」

「さあ？　わたくしは神ではないので、わからないわ」

ぐったりと項垂(うなだ)れるフランツ・ヨーゼフの、恐れおののく表情を間近で眺めてやろうと席を立つ。

彼の隣に腰掛け、顔を覗き込んだ。

灰色の双眸が、揺れていた。フランツ・ヨーゼフは、恐れているのだ。悪夢が、現実になるのを。

「いくら皇帝だろうと、あれも、これもと手にすることはできないのよ？　ハプスブルク家としての誇りを胸に、絶対王政を推し進めるのもいいかもしれないわ。ただし、それには王朝滅亡の可能性が膨れ上がっていくのだけれど」

「そんなこと……させない。誰も、死なせやしない」

「だったら、君主制を廃止して、共和制になさるの？」

「共和制だと⁉　絶対にありえない‼」

「でしょう？」

これが彼の三つ年下の弟マクシミリアンだったら、この場で検討くらいはしてくれたかもしれない。

マクシミリアンはハプスブルク家の者でありながら、自由主義の思想を持ち合わせていたから。

彼は明るく社交性があり、宮廷でも人気が高かった。非常に頭がよく、何事においても兄に勝っていた、という話も耳にしたことがある。

フランツ・ヨーゼフの即位後、マクシミリアンは支配下にあったイタリアの副王となり、自由主義のもと政治を行っていたが、これに対して陛下は激怒したらしい。すぐさま、副王を解任させてしまったのだとか。

わたくしが嫁いだときには、すでに二人は険悪だった。仲が悪かったわけではないものの、政治思想が合わない相手とは笑顔でおつき合いはできないようだ。

けれど、かたくなに絶対王政を推し進めようとするフランツ・ヨーゼフの気持ちも、わからなくもない。

ハプスブルク家が統治する帝国内には、さまざまな国の者たちが暮らしている。市民に参政権を与えた結果、民族自決の独立運動に繋がり、内戦となるのを恐れているのだろう。

それらを掌握するのは、至極難しい。そのため、市民の参政権の拡大に関して保守的になってしまうのだ。

「あなたはあなたの信じる道をお進みになって。わたくしは、遠く離れたバイエルンの地から、応援しているから」

国と家族、どちらが大事か、この御方はよくわかっている。きっと、ハプスブルク家の運命は変わらない。

わたくし以外の誰かと結婚しても、ハプスブルク王朝の終焉からは逃れられないだろう。

「可哀想に、悪夢を見て、怖かったのね。大丈夫よ、それはただの夢だから」

「夢……ではない。母が、以前、言っていたのだ」

「あの、その話、長くなるなら書簡か何かで送ってくださる？」

どうしてゾフィーの話なんか聞かなければならないのか。大変不快だ。

書簡で届いても、読まずに暖炉に捨ててやる。

はっきりお断りの意思を示したのに、フランツ・ヨーゼフは勝手に語り始める。

「母の夢に、マリア・テレジアが出てきたらしい」

「マリア・テレジアって、あの、『女帝』の？」

「そうだ。マリア・テレジアは母に、〝男よりも男らしくおなりなさい。あなたが、ハプスブルク家を守るのですよ〟と言われた、と。以降、母は自らを、ハプスブルク家の番人だと主張するようになった」

ということは、一度目の人生のときのゾフィーより、さらにパワーアップしているのだろう。フランツ・ヨーゼフに嫁ぐ女性が気の毒になってしまった。

絶対に、ヘレーネと彼の結婚は妨害しなくては。

「マリア・テレジアが、夢を見せてくれた、ね。それで、ゾフィー様は軍服を纏うようになったわけ？」

「そうだ」

わたくしが生まれ変わったり、フランツ・ヨーゼフがハプスブルク家の者たちの死を見たり、ゾフィーの夢にマリア・テレジアが出てきたりと、とんでもない世界だ。すべて、ハプスブルク家の呪いなのだろうか。謎が深まる。

「私の悪夢も、マリア・テレジアが見せたのではないかと、思っている」

「悪夢が現実になると思っているの？」

フランツ・ヨーゼフの暗い海に沈んでいくような深いため息は、わたくしの言葉を肯定するようなものであった。

「だから、わたくしに話を聞きにきたというのね」

こうなったら、すべきことは決まっている。そう言って立ち上がると、フランツ・ヨーゼフはきょとんとした顔でわたくしを見た。

「こういうときは、カフェであま～いお菓子を食べるといいのよ。悩みなんか、吹っ飛ぶから」

「人が真剣に悩んでいるのに、何を言っているのだ」

「血糖値が下がっているから、ぐるぐる悩んでしまうのよ」

フランツ・ヨーゼフの腕を引っ張り、起立させる。

「ねえ、インスブルックはどんなお菓子があるの？　わたくし、まだ観光をしていないの」

「観光など、暢気にしている場合ではない。私は、ハプスブルク家について考え――」

「ここはマリア・テレジアが愛した土地、チロル地方のインスブルックよ。街を知らずにいたら、失礼に値するのではなくて？」

その言葉は、彼の胸に響いたようだ。

「仕方がない。少しだけ、だからな」

「やった！」

跳び上がって喜ぶと、ジロリと睨まれる。礼儀がなっていないと思ったのだろう。

「しかし、君は宿にいなければいけないのでは？」

「殿下がお連れしたって言えば、問題ないわ」

「問題だらけなような気もするが……」

「大丈夫よ。それは、バレた場合の問題でしょう？　お母様が戻る前に、帰ってくれば平気よ」

フランツ・ヨーゼフはヤレヤレとばかりに、肩をすくめている。

「さ、行きましょう」

腕をぐいぐい引いて扉のほうへと進んでいたが、ふとあることに気づく。

「そうだわ。あなたを、なんとお呼びしたらいいかしら？　さすがに、街中では皇太子殿下、とは呼べないわ」

「私のことは、フランツィと呼べ」

「まあ、愛称でよろしいのね」

「別に、かまわない。君は？」

「だったらわたくしも、シシィでいいわ」

名乗った瞬間、フランツ・ヨーゼフ改めフランツィの眉間に皺が寄る。

「なぜ、エリザベートの愛称がシシィになるんだ？」

「お父様のせいよ。わたくしの名前を書いた文字がとっても汚くて、エリザベートの愛称であるリジーを、シシィと読んでしまったの。それが面白くて、その日からわたくしはシシィと呼ばれるようになったのよ」

「なるほどな」

そんな話をしながら、宿を抜け出す。

宿から出た途端、フランツィはわたくしの手を握る。ハッとなり、顔を見上げたら、怖い顔で「逃走防止だ」と言ってきた。昨日の逃走劇を、いまだ根に持っているのか。

ただ、握る手は優しい。きっと、彼はいいお兄ちゃんなのだろう。

二回目の人生では、マクシミリアンと仲違い(なかたが)いするような事態になってほしくないけれど……。

「なんだ、君のほうから外に出たいと言っていたのに、浮かない顔をして」

「気のせいよ。それよりもねえ、ほら見て、フランツィ。アルプスの山が見えるわ」

インスブルックの街は山の麓にあるため、街の風景は一風変わっている。なんと、中央街の建物と建物の間に、大きなアルプスの山を覗くことができるのだ。

「ここは、美しい土地ね。さすが、マリア・テレジアが愛した街だわ」

「そうだな」

さすがに、今回は大勢の護衛に囲まれてしまう。人々から、何事かという視線が突き刺さっていた。

「シシィ、どこに行きたい？」

「そう！　さっき思い出したのだけれど――この街に、黄金の小屋根を模したチョコレートを売るコンディトライがあるって話を聞いたの。行きたいわ」

「黄金の小屋根を模したチョコレート、だと？」

フランツィがそう言葉を返したのと同時に、護衛の一人が耳打ちする。

「ああ、あそこか。わかった。行くぞ」

「ええ！」

どうやら、連れて行ってくれるようだ。スキップをしてしまいそうなほど、嬉しい。母に軟禁を言い渡されたときは、観光ができないと落ち込んでいたけれど。

ちなみに、コンディトライというのは、ケーキ屋にカフェハウスが併設された店である。ウィーンの街には、たくさんのコンディトライがあった。皆、そこでのんびり寛ぎながらお茶とケーキを楽しみ、お土産としてお菓子を買って帰るのがお約束だ。

何を隠そう、わたくしはオーストリアのカフェハウス文化が大好き。香り高いコーヒーに、生クリームやバターをたっぷり使ったケーキやチョコレートはどれも絶品である。ウィーンの人々はカフェを社交の場とし、お喋りに興じていた。バイエルンにはない、独自の文化だ。

フランツィに手を引かれ、インスブルックの街を歩く。

インスブルックの建築物はどれもきれいなパステルカラーで、とても愛らしい。エルカーという、丸みを帯びた出窓が特徴だろう。

ついでに、黄金の小屋根も見ていくことにした。

「あれがそうだな」

「きれいね」

大きな建物に突き出るようにしてあるバルコニーの屋根は、黄金に輝いていた。質問していないのに、フランツィは歴史について語り始める。

「インスブルック街の象徴である『黄金の小屋根』は、神聖ローマ皇帝マキシミリアン一世が造らせた建築物だ。バルコニーから、中央広場の出し物を見物する目的で建設されたと聞いている」

「へえ、そうなの」

人通りも多いので、早々に立ち去る。

マリア・テレジア通りを抜けた先に、ピーナッツバター色の建物が見えてきた。

「あそこだ」

王室御用達のコンディトライ『カフェ・ムンディング』。お店の中へ入ると、大きなガラスのショーケースに色とりどりのケーキやチョコレートが並んでいた。どれもおいしそうだが、目的は黄金の小屋根のチョコレートである。店の奥にある貴賓席で、いただく。

「飲み物は、どれにするんだ？」

「そうね……」

コーヒーのバリエーションは二十種類ほどあった。いつも、どのコーヒーを飲もうか迷ってしまう。今回はせっかくインスブルックに来たので、マリア・テレジアの名を冠したコーヒーを注文する。

「お待たせいたしました」

まずは、フランツィのコーヒーとお菓子から。

「カフェ・ソビエスキーと、エルドベール・スフレトルテでございます」

ケーキはおなじみの、ゼリーで固めたイチゴが載った一品だが、コーヒーは初めて見る。なんでも、ウォッカと蜂蜜を入れながら飲むらしい。

続けて、わたくしの分が運ばれてくる。

「マリア・テレジアに、黄金の小屋根のチョコレートでございます」

『マリア・テレジア』は、生クリームがこれでもかと盛られたコーヒーである。上に、細くカットされたオレンジの皮が添えられていた。

黄金の小屋根のチョコレートは、金の瓦をイメージして作ったチョコレートだった。金色の紙を剝いだら、アーモンドのキャラメリゼが載っているチョコレートが出てきた。

口に含むと、マジパンにチョコレートがコーティングされたものだと気づいた。甘いけれど、おいしい。アーモンドのザクザクとした食感が、いいアクセントになっていた。

マリア・テレジアは、生クリームにオレンジの風味を利かせたものだった。ダブルエスプレッソに、甘ったるい生クリームがよく合う。

フランツィは、無表情でケーキを頰張っていた。かつての見知っていた陛下の姿と重なり、クスリと笑ってしまう。

わたくしが慣れない王宮暮らしで塞いでいる中、陛下はウィーンのカフェハウスに連れ出し、ケーキを食べさせてくれた。

特に、カフェハウス『ゲルストナー』には何度も通ったものだ。懐かしい日々を思い出し、胸が切なくなる。

新婚時代のわたくしたちは、それなりに仲良くやっていたのだ。あまりにもすれ違いの期間が長すぎて、ずっと忘れていたけれど。

「シシィ、おいしいか?」

「ええ、とってもおいしい」

チョコレートだけでは足りないと思ったのか、フランツィはケーキを半分も分けてくれた。イチゴのケーキは、甘いチョコレートを食べたあとだったので、酸味を強く感じてしまう。

「そのケーキはどうだ?」

「イチゴの甘さがいまいちね」

正直に告げると、呆れた表情が向けられた。

「君は、正直者だな。長生きしそうだ」

「どういう意味よ」

「さあな」

フランツィは淡い微笑みを浮かべる。

マグカップの肖像画で見た彼は恐ろしかったが、今はぜんぜん恐ろしくない。なんだか不思議な気分だった。

あっという間に、お別れの時間である。紳士なフランツィは、わたくしを宿の部屋まで送ってくれた。

幸い、母はまだ戻っていない。フランツィが侍女に心づけを払っているので、抜け出した件はバレないだろう。

わたくしは帰ろうとするフランツィを、淑女らしく見送った。

「それではごきげんよう。もう、二度と会うことはないでしょうけれど」

「なぜ?」

「だって、わたくしはバイエルンの公女、あなたは、オーストリアの皇太子だから。いくら親戚とはいえ、さすがに顔を合わせないでしょう?」

「会えないのならば、文でもなんでも交わせばいい」

今度はわたくしが、フランツィに「なぜ?」と疑問を投げかける。

「また、政治について意見を交わしたい。いいだろう?」

「あなた、本気? 十歳の小娘と、政治の話をしたいって」

「本気のつもりだ。昨日と今日で、私の中に大きな疑問が生まれた。シシィのせいだ」

「わたくしのせいではありませんわ。悪夢のせいでしょう」

「いいや、シシィのせいに決まっている!」

「違うわ!」

なぜ、ここでフランツィと言い合いをしているのか。だんだんと、頭が痛くなる。

「明日、王宮でパーティーをする。シシィも参加できるよう、手配しておく」

「無理よ。わたくし、謹慎中だから」

「外出して、カフェハウスでしこたま甘い物を食べてきたくせに、何を言っているんだ」

「それとこれとは話は別よ。わたくしは、社交場が大大だ～い嫌いなの」

「バイエルン王家の血が、そうさせているのか？」

「ええ。変わり者一族ですもの！」

歴史を遡ってみると、我がバイエルン王家は変わり者のオンパレードだった。ルートヴィヒ一世は女ったらしが原因で国民に批難され、退位に追い込まれている。ルートヴィヒ二世は一人で夢想に耽(ふけ)り、現実から目を背けていたために狂王と呼ばれていた。

近しいところだと父マクシミリアンは大の社交嫌い。家にサーカス小屋を作って家族にお披露目したり、街に繰り出して旅芸人の真似事をしたりと、貴族らしい行動はまったく見せなかった。

そしてかつてのわたくしも、公務から目を背け、旅に出てばかりだったので、『皇妃様(カイゼリン)は旅の御方(ライゼリン)』と呼ばれていた。

芸術家気質でロマンチックといえば聞こえはいいが、バイエルン王家の人々は歴史の中でも浮ついた行動を取る者が多い。

どうだと胸を張って答えると、フランツィは突然笑い始める。

「な、何よ」

「いや、あまりにも堂々と言うから……！」

こんなふうに、明るく笑える人だったのか。初めて見た気がする。

即位したら、皇帝の仮面をかぶらないといけない。感情を表に出すことは、憚（はばか）られるのだろう。

そんなフランツィは、即位目前。彼は、十八歳の若さで皇帝となったのだ。

現皇帝であるフェルディナント一世は、革命運動の責任を取って退位する。

フランツィの父フランツ・カールは存命だけれど、すでに即位を辞退する旨を主張していたらしい。その辺は、ゾフィーが丸め込んだのだろう。

冬が来れば、フランツィは皇帝となる。わたくしにとって、遠い存在になるはずだ。

それなのになぜ、文を交わし、政治の話がしたいと言い出したのか。理解できない。

「政治の話はしたくないわ。でも、おいしいお菓子の話ならば、聞いてあげてもよくってよ」

にっこり微笑みかけると、フランツィは眉間に皺を寄せる。

「ね、お願いよ」

今度は、ウィンクしてみた。ため息を返されてしまった。十歳の少女の色仕掛けは、まったく効果はなかった。

「ダメ？」

残るは泣き落としである。うるうるとした瞳で、フランツィを見上げた。

「シシィ……。わかった。ウィーンに帰ったら、探しておこう」

泣き落としは意外にも効果があったようだ。

どうせ、忙しくなる彼に、ウィーンのカフェ巡りなんかしている時間はない。わたくしのことも、すぐに忘れるだろう。

このときは、そう確信していた。

第二章　フランツィとは絶対に結婚したくないエリザベート

インスブルックの滞在は、あっという間に終わる。

結局、パーティーは行かず、謹慎期間を無事に終えた。

フランツィは、母にわたくしがパーティーに参加できるよう頼み込んだらしいが、ゾフィーが反対したようだ。まだ、十歳の子どもには早すぎると。

さすがゾフィーである。このときばかりは、感謝してしまった。

馬車に乗り込み、家路に就く。結局、腹痛が治らなかったらしい父はインスブルックにやってこなかった。きっと、愛人と自由気ままに過ごしていただろう。

「あーあ。なんだかんだあって、シシィとあんまり遊べなかったや」

「ガッケル、ごめんなさい」

「でも、カール・ルートヴィヒ殿下と遊んでもらったんだー」

「あら、そうだったのね」

カール・ルートヴィヒはフランツィの二番目の弟で、今回の滞在では会えなかった。一回目の人生では、インスブルック訪問の際、彼ともっとも親しくなったのだ。文通をし、指輪を贈り合うほど仲良くなった。

五年後、彼との再会を楽しみにしていたのに、なぜか陛下に見初められてしまうのだ。人生、何が起こるか本当にわからないものである。

二回目の人生では、カール・ルートヴィヒと仲良くなるつもりはなかったが、生水には気をつけるよう忠告する予定だった。

というのも、カール・ルートヴィヒは旅行中に飲んだ生水が原因で病気に感染し、亡くなってしまったのだ。不衛生な水の危険性を伝えなければと思っていたのに。

「それにしても驚いたわ。フランツ・ヨーゼフ殿下は、シシィがよほどお気に召したのね」

別れ際、フランツィはわたくしだけに、「じゃあ、また」と言ったのだ。母が長いため息をつく。

「一人で馬に乗って郊外まで繰り出していたから、心配なさっていたのよ。まったく、シシィったら、なんて恥ずかしいことをしてくれたのかしら」

「お母様、ごめんなさい。深く反省しているわ」

フランツィは侍女らに大変な額の心づけを手渡したようで、謹慎期間中の外出はバレていない。反省の態度を示しつつ、ホッと胸を撫で下ろしていた。

「お母様、もしかしたら、殿下はシシィをお嫁さんに選ぶかもしれないわ」

「ありえないわ。シシィはまだ子どもなのよ？」

「でも、五年も経てば、大人よ」

「その話は、早すぎるわ。それよりも、ネネ、あなたはどうなの？」

母は猫撫で声で、ヘレーネに尋ねる。今回の旅は、フランツィにヘレーネの顔を覚えさせるためのものだったのかもしれない。

「お姉様、オーストリア帝国に嫁がないほうがいいわ」

「まあ、どうして？」

「革命が起きているでしょう？　お姉様がフランスの王妃みたいに、断頭台に送られたら、わたくしは嫌よ」

「そうなの？　お母様、ウィーンで発生した革命は、そんなに深刻なの？」

「あなたたちが気にすることじゃないわ。民衆が単に、わがままを言っているだけで」

貴族の大半は、このように革命を軽く見ているのだろう。フランスで起きた悲劇から、何も学んでいない。

「お母様、わたくしは、バイエルンの国内にいる人と結婚したいわ。できれば、自由主義の人と」

「まあ！　シシィ、何を言っているの？　自由主義なんて、恐ろしい……！」

「そんなことないわ。お母様、きっとバイエルンも、いずれ革命が起こるとわたくしは考えているの」

「ありえないわ」

　自由主義の人と結婚していれば、革命が起きても命は助かるだろう。

　革命から逃れて亡命した貴族が、苦労しているという話も聞いたことがある。余所の国に逃げればいいなんて考えていたら、とんでもない目に遭うのだ。

「自由主義の人との結婚がダメならば、中立国の王族に嫁ぎたい」

「シシィ！　あなたって子は、本当に、なんのために学んでいるのかしら？」

「生き残るためよ」

　わたくしは六十歳で暗殺された。それから先の時代は、波乱ばかりだった。各地で革命が起き、絶対王政は次々と崩壊していった。

　二回目の人生を送ることに意味があるとしたら、生き残って世界が変わる様子を見届けたい。それが、茨（いばら）の道でも。

　単なる好奇心でもあるが。

　これからわたくしはどうなるのか。夢の中にマリア・テレジアが現れて、道を示してくれたらいいのに、いつになっても『女帝』は現れてくれなかった。

ミュンヘンに戻ってきてからのわたくしは、勉強の量を半分に減らした。代わりに、花嫁修業と妃教育を始める。

これは母が命じたことで、しぶしぶと従っていた。母はわたくしをどこかの王族へ嫁がせる野望を、諦めていないらしい。

ハプスブルク家以外ならばという約束で、諸々進めている。

忙しい毎日を過ごしていたら、フランツィから手紙が届いた。『愛らしい？ シシィへ』と書かれてある。疑問符はいらないと、抗議しておかなければ。

別れてから二ヶ月ほど経ったが、ようやく動乱が収まったので、ウィーンに戻ったらしい。

わたくしが求めていたカフェ情報を集めるため、治安の悪い中、市民の服を着て変装した状態で街に繰り出したようだ。

三名の護衛と共に小さなテーブルを囲み、ケーキを十五個も注文したらしい。完食することには、全員涙目だったのだとか。

わたくしのために、決死の思いで試食してくれたようだ。その様子を想像すると、笑いがこみ上げてくる。

手紙にはケーキについて、一つ一つ細かに感想が書いてあった。

五層のチョコレートケーキにクリームを挟み込んだ『トゥリュッフェルトルテ』はチョコレートの暴力だとか、上にココアパウダーがまぶされた『コアントローシュニッテ』は、粉でむせたとか、ナッツを混ぜた生地にクリームを挟みマジパンでコーティングした『ヌストルテ』はナッツの風味がくどいとか、ケーキに対する悪口しか書かれていない。面白すぎて、腹を抱えて笑ってしまった。まさか、彼にこんなユーモアがあったとは。意外な才能である。忙しい合間を縫って行ったので、このようなレポートになってしまったのかもしれない。

報告はケーキについてだけではなかった。カフェで耳にした噂話も書かれている。市民はハプスブルク家に対し、大きな不信感を抱いていると。何軒かカフェハウスを回ったようだが、どこも会話の内容は同じだったらしい。

フランツィは、激しい憤りと共にこのままでいいのかという疑問が生まれたと書いている。

彼の中にある疑問が、よい方向へ行ってくれたらいいけれど……。

フランツィの手紙を丁寧に折りたたんで封筒に入れ、一緒に届いた包みを開く。中身は宮廷御用達の菓子店『デーメル』のスミレの砂糖菓子だ。わたくしの、大好物である。

口にするのは何十年ぶりだろうか。わくわくしながら、スミレ色のきれいな砂糖菓子を口に含む。

甘く、ほんのりスミレの香りがする。おいしいと、思わず呟いてしまった。

ガッケルがやってきて、わたくしの手元を覗き込む。

「シシィ、フランツ・ヨーゼフ殿下から、何が届いたの？」

「スミレの砂糖菓子よ。一つ食べてみる？」

「うん！」

ガッケルに食べさせてあげたが、不思議そうな表情を浮かべるばかり。

「何、これ。すっごく硬いし、あんまり味がしない」

「これは、スミレの豊かな香りを味わうものなのよ」

「よくわかんない。おいしくないよ」

ガッケルは残念そうに呟き、どこかへ走り去ってしまった。

スミレの砂糖菓子は、初恋の味がする。淡くて甘い、子どもには理解できない味だ。わたくしは、これが大好きだった。ウィーンの街でしか食べられない、このスミレ色のきれいな食べ物が。

高まった気持ちが薄れないうちに、手紙を認める。ケーキのレポートが面白かったこと。それから、スミレの砂糖菓子がとってもおいしかったこと。最後に、街は危険なので気をつけるようにと書いておいた。

スミレの砂糖菓子のお返しに、絹の手袋にフランツ・ヨーゼフと名前を刺繍して贈った。喜んでくれるといいけれど。

月日は巡っていく。緑が強く主張していた木はあっという間に紅葉し、枯れ葉となってハラハラ散っていく。

ガッケルは聖夜が近いとはしゃいでいたが、わたくしの心は穏やかではない。

あれから何通か手紙を交わしたが、一ヶ月ほどぱったりと返事が届かなくなった。その後、フランツィの即位の一報を耳にする。

もう、「フランツィ」なんて親しげに呼びかけてはいけないだろう。きちんと、「陛下」とお呼びしなければ。

驚くべきことに、陛下は即位の儀式にわたくしが贈った手袋をはめて臨んだらしい。とても勇気づけられた、と久々に届いた手紙に書かれてある。胸が、喜びでじんわりと温かくなった。

手紙と一緒に、デーメルのスミレの砂糖菓子が届けられた。以前届いたとき、わたくしが絶賛したから、また贈ってくれたのだろう。バイエルンでは手に入らないので、とても嬉しい。

一粒手に取って、口に含む。甘くて、馨(かぐわ)しい芳香が口の中に広がった。同時に、胸がキュンと切なくなってしまう。

陛下は手紙に、デーメルまで買いに走ったと書いていた。食事の時間も惜しむほど忙しい御方なのに、わたくしのために時間を使ってくれるなんて。

手のひらにある一粒のスミレの砂糖菓子が、とても貴重に思えてくる。

陛下について考えると、落ち着かない気持ちになってしまう。どうしてなのか。

スミレの砂糖菓子を食べると、余計に陛下を思い出すのだ。頭の中は陛下のことでいっぱいになり、ぼんやりしてしまう。

これは危険な食べ物なので、頻繁に口にしていいものではない。そう思って、棚の奥に隠しておくことにした。

手紙の返事には、無理をせず、毎日温かいお風呂に入って、ゆっくり休むように書いておいた。

それはさておき、オーストリアの情勢が気になる。父が帰るたびに捕まえて、ハンガリー人の粛清が執行されていないか問いただした。

「悪いね、シシィ。私が出入りする場所に、オーストリアの情勢に詳しい人はいないのだよ」

「お父様ったら、女の人のところばかり通って！　たまには、紳士クラブで情報交換を行ったらいかが？」

「シ、シシィ、それをどこで聞いたんだ⁉」

「勝手な想像よ！」

まったく、父は当てにならない。今はただ、陛下を信じる他ない。

年が明けて、陛下から手紙が届いた。なんと、ハンガリー人の粛清は行わず、なんとか譲歩案をひねり出し、騒ぎの鎮圧に努めたと。

「ああ……なんてことなの！」

歴史が、変わった！　これで、陛下はハンガリー人の襲撃を回避できるのだ。もう、雨の日に古傷が痛むとぼやく未来は訪れないだろう。

わたくしは雪降る中、一人で踊ってしまった。母から叱られたけれど、それが気にならないほどの喜びを感じていたのだ。

運命は変えられる。

わたくしの人生に、希望の光が灯った瞬間であった。


。✵。。✵。。✵。。

それから二年経ったあとも、陛下との文通は続く。わたくしは十二歳の誕生日を迎えていた。

相変わらず、陛下は暇を見つけてはカフェハウス巡りをしてくれていた。

わたくしにとっては知っているお菓子だったり、カフェハウスだったりしたけれど、陛下の視点からのレポートを読むと新しい発見があって面白い。これらは単にカフェハウス巡りに行っているだけでなく、市民の声をいち早く入手する手段でもあったようだ。

今回手紙と一緒に届けられたのはラスクだ。これも、一回目の人生の中で好物だったものの一つである。

通常、ラスクはサクサクになるまで乾燥させるのだが、このラスクは蜜漬けにしたあと、しっとりと仕上げるのだ。旅行に出かけるときは、必ず買っていた。

るんるん気分で、ガッケルに分けてあげようとしたら、母に捕まる。

「お母様、何かしら？」

「ちょっと話があるの」

険しい母の顔を見る限り、嫌な予感しかしない。母の私室の長椅子に腰掛け、ラスクの箱を膝に置いたまま話を聞く。

「あなたの伯母様から、お手紙が届いたのよ」

「ゾフィー様から？」

「ええ」

母は眉間に深い皺を刻み、こめかみを揉みながら話し始める。

「それで、なんて書いてあったの？」

「陛下との文通を、やめるようにと」

「まあ、どうして？」

「陛下に悪影響を与えていると、訴えていたわ」

「悪影響なんて、与えていないわ」

「でも、あなたと文通を始めてから、陛下は物思いに耽る時間が多くなったり、王宮を抜け出してカフェハウスでサボったりするようになったそうよ」

さらに陛下は、ゾフィー伯母様の意見を受け入れていないようだ。

「以前まで、陛下はゾフィー伯母様の意見は尊重していたらしいの。それが変わってしまったから、原因はあなたにあるのではと、考えたそうよ」

「馬鹿らしい。十二歳の子どもの手紙に、そんな影響があるわけないでしょう？」

陛下はわたくしから届いた手紙は、すぐに燃やしている。わたくしも同じだ。わたくしが悪影響を与えている証拠は、どこにもない。

「何か、証拠があってそんなことをおっしゃっているのかしら？」

「証拠がないから、怪しいと思っているそうよ。陛下は聞いても、答えないようだし」

「嫌だわ。証拠もないのに、わたくしを疑うだなんて」

「あなたの伯母様は、根拠もなく責めているわけではないわ。シシィ、お願いだから、陛下との文通はやめてちょうだい」

母は頭を下げ、わたくしに頼み込む。

まあ、どうしても陛下と文通しなければならない理由はなかった。単なる、暇潰しの意味合いも大きかったし。

「わかったわ。もう、陛下にお手紙は書かない」

「シシィ、ありがとう」

代わりといってはなんだが、わたくしに結婚の話を持ってきてくれたらしい。まだ早い気がするけれど、婚約という形にしておくようだ。

「相手はどなた？」

「あなたの可愛い従弟、ルートヴィヒ殿下よ」

「ルートヴィヒ、ですって⁉」

それは一回目の人生でも親交があった人物で、四十歳の若さで身罷ってしまった儚い人だった。

彼については、思い出したくない。悲惨な死が脳裏にちらついてしまうから。

それ以前に、問題がある。ルートヴィヒは現在四歳で、わたくしとの年の差は八歳。あまりにも年が離れている。

「誰がそんな話を出してきたの？」

「国王陛下よ。あなたが政治の勉強をしていると言ったら、ぜひルートヴィヒ殿下の妻として迎えたいと」

さすが、変わり者一族と名高いヴィッテルスバッハ家の長。言い出すことが、突拍子もない。母と同じように、こめかみを揉んでしまう。

「お父様はなんとおっしゃっていたの？」

「シシィがいいのならば、と」

父らしい無責任な言葉に、深いため息をついてしまった。

「お母様はどうお考えなの？」

「ルートヴィヒ殿下は未来のバイエルン王だし、悪い話ではないのかな、と思っているのだけれど」

「彼が成人したとき、わたくしはいくつなのかしら？」

「二十歳で結婚するとしても、まだ二十八歳よ」

「大年増じゃない！」

「あなた、世界の二十八歳の女性を今、敵に回したわよ」

「二十八歳の女性の耳目がここにあるわけじゃないから、別にかまわないわ。ルートヴィヒだって、八歳も年上の女性と結婚するなんて、嫌に決まっているわ」

「どうかしら？　今から教育すれば、あなたの信者になるのではなくて？」

「怖いことを言わないで！」

バイエルンで結婚できる話は悪くないが、王妃の座はお断りしたい。けれど、今は口にしないでおく。ひとまず、この話は保留だ。断った結果、余所の国の婚約話が浮上しても困る。

「とりあえず、陛下との文通はやめるから、今日のところは許してちょうだい」

「仕方がない子ね。わかったわ」

母の一方的な見合い話から逃れ、自室に戻って一休みすることにした。

。✲。。✲。。✲。。

季節は止まることなく、過ぎ去っていく。

陛下にお別れの手紙を送ったが、返事はなかった。お喋りな侍女によると、手紙は届いたものの、お母様がわたくしに渡す前に処分してしまったらしい。そういうことだと思っていた。

まあでも、それに関して怒るつもりはない。いつか、陛下との手紙はやめなければならなかったのだ。

どうしてか胸がツキツキと痛むが、きっと、陛下からお菓子の贈り物をもらえなくなった悲しみだろう。そう、思うようにしている。

ぼんやりとした日々を過ごすわたくしに、思いがけない依頼が届く。それは、バイエルン王家の王太子ルートヴィヒの教育係をしないか、というものだった。以前、婚約話が出ていたあのルートヴィヒである。

なんでも、古い騎士物語や神話ばかりに興味を抱き、勉強には拒絶反応を示しているらしい。まだ四歳の子どもなので、おかしな話ではないが。

ルートヴィヒは未来のバイエルン王である。教育係は一刻も早く、帝王学を叩き込みたいのだろう。

「ルートヴィヒ」

懐かしい名を、改めて独りごちる。その瞬間、懐かしさがこみ上がってきた。胸がぎゅっと、締めつけられる。彼はわたくしと同じ、孤独の人だった。

一回目の人生で彼と親しくなったのは、わたくしが二十六歳のとき。

ウィーンの王宮でゾフィーにいびられていたわたくしは、心の病気になってしまった。バード・キッシンゲンで療養しているところに訪ねてきたのが、バイエルン王に即位したばかりのルートヴィヒだった。

彼は芸術を深く愛し、自らもそれらを生み出す人だった。空想ばかりしていたわたくしと、とても趣味が合ったのだ。

手紙も長年交わしていて、彼は『鷲』、わたくしは『鳩(はと)』と呼び合い、詩を通じて近況を報告していた。

彼は可愛い従弟であり、親友でもあった。典型的なヴィッテルスバッハ家の者といった感じで、わたくしですら困る行動を取ることもあったが、それでも仲良くつき合いを続けていた。そんなルートヴィヒとの別れは、突然だった。

それは、わたくしが四十八歳の初夏の晩——ルートヴィヒはシュタルンベルク湖で溺死してしまったのだ。

夢見がちな子で、物語の世界の住人のように振る舞うところもあった。夢と現実の境目もわからず、命を散らしてしまったのだろう。

もしも、今から彼と接することによって、早すぎる死を回避できるのであれば協力をしたい。

わたくしはバイエルン王の打診を受け、ルートヴィヒの家庭教師となる決意を固めた。

ミュンヘン北部に位置する街に、バイエルン王家の王宮がある。わたくしは侍女を数名伴って訪れた。

絢爛豪華(けんらんごうか)な『レジデンツ』は、芸術を愛するヴィッテルスバッハ家の者たちが造り上げた、贅を尽くした自慢の宮殿である。

回廊の白亜の壁には、金細工の模様で縁取られたバイエルン王家の肖像画がズラリと並んでいる。目玉は宗教画が描かれた、ドーム状の天井のある大広間。うっとりするほど美しい。

シャンデリアやタペストリー、大理石の床など、わたくしの実家とは比べものにならないくらい洗練されていた。

美術館でも、ここまでの品々は展示されていないだろう。言葉では表せないほどの、夢のような空間である。

侍女たちはポカンとした表情で、宮殿内を見ている。わたくしも、こだわりの芸術を心ゆくまで堪能した。

すぐさま、ルートヴィヒと対面となる。子ども部屋とは思えない、重厚な二枚扉の前まで連れてこられた。未来のバイエルン王の部屋なので、これくらいは普通なのだろう。

「こちらに、ルートヴィヒ殿下がいらっしゃいます」

「そう。あなた方はもういいわ。あとは、わたくしに任せてちょうだい」

侍女は会釈し、下がっていく。控えめに扉を叩いたが、反応はない。勝手に中へと入らせていただく。

ギイ、と重たい音が鳴った。中からハッと、息を呑む声が聞こえる。

「……だれ？」

「あなたの可愛い可愛い従姉よ」

「いとこ？」

ここで、ルートヴィヒとご対面となる。

赤い絨毯が敷かれた広い部屋に、彼はぽつんと座っていた。傍らには、絵本が散らばっている。

輝くブロンズの髪に、ヘイゼルの美しい目、ふっくらとした頬を持つ美少年だ。穢れのない澄んだ瞳を、ただただじっとわたくしに向けていた。

「わたくしはエリザベート。シシィと呼んでくれるかしら」

「シシィ……」

「あなたは、ルートヴィヒね？ ルーイと呼んでもいい？」

こくんと頷く。一挙一動があどけなく、愛らしい。

「わたくしは、あなたに世界の素晴らしさを教えにきたのよ」

そう宣言すると、ルートヴィヒの瞳に光が宿ったような気がした。

これが二回目の人生の、ルートヴィヒとの出会いであった。


それから、ルートヴィヒと過ごす日々が始まる。

教育係がいるものの、まあ、言うことを聞かない。癇癪を起こし、手がつけられなくなるようだ。

お手上げ状態だったらしいが、弟や妹のわがままを知っているわたくしから見たら、大したものではない。言葉で丸め込み、なんとか椅子に座らせることに成功する。

ルートヴィヒは始めのほうこそわたくしを警戒していたが、彼の世界観に理解を示してあげると瞬く間に懐かれてしまった。

今では、起きた瞬間「シシィは？」と呟くらしい。それから、一日中べったりである。

ここまで好かれるとは、想定外であった。

父王よりわたくしとの結婚が告げられると、ルートヴィヒは踊り出すほど喜んでいた。まだ四歳だから、結婚を理解しているのかは謎であるが。

勉強はほどほどに順調だった。一回目の人生同様、彼は勉強を苦手としていたが、根気強く教えたら理解を示してくれた。

ただ、空想癖は相変わらずで、わたくしはいつも彼が統治する架空の国の王妃役をやらされる。

子どもがよくするごっこ遊びだが、ルートヴィヒがメルヘンの国の王様になってしまわないよう、現実へ引き戻すのもわたくしの仕事だった。

そんな彼に語って聞かせたのは、この国の歴史だ。国王となる者の人生は、英雄譚でもある。それっぽく話したら、ルートヴィヒは興味を示してくれた。

もちろん、勉強漬けでは気が滅入るだろう。散歩に出かけたり、外でお茶会を開いたり、絵や詩を書いたりと、遊ぶ時間もつき合ってあげた。

それがよかったのか、きちんと「勉強しましょう」と誘ったら、応じてくれるようになった。

癇癪ばかり起こす子どもなんていない。その子に合うカリキュラムを組むことが、大事なのだろう。

「シシィはすごいね。ぼく、今まで、廊下のおじさんの絵が、こわかったんだ。でも今は、平気だよ」

廊下のおじさんの絵というのは、絢爛豪華な回廊に飾られた肖像画だろう。

貫禄（かんろく）がある様子で描かれたバイエルン王の絵は、言われてみたら目がぎょろりとしていて、威圧感を感じる。子どもには、恐ろしいものに見えたのかもしれない。

「ねえ、シシィ、ぼく、シシィがだいすき。ずっと、一緒にいてね」

その言葉に返事をしない代わりに、ルートヴィヒの小さな体をぎゅっと抱きしめた。

人に、永遠は存在しない。いつか、朽ちてなくなってしまうから。

一回目の人生での彼との別れが衝撃的だったため、何も言えなくなってしまったのもある。

わたくしは、幸せにならなくてもいい。代わりに、夢見がちなルートヴィヒに祝福を、と強く願わずにはいられなかった。

あっという間に二年経った。わたくしは十四歳となる。

この二年で、ルートヴィヒは随分としっかりしてきた。これまでは人見知りをして、自分の世界に閉じこもるばかりだった。しかし今は、物怖じせずに他人に話しかけ、笑顔を見せてくれるようになる。

最近は、フェンシングの授業も始めた。まだどんくさいが、筋はいい。きっと、努力を続けていけば上達するだろう。

わたくしのフェンシングの腕はそこそこ上手くなっていたようで、指導してくれた軍人に驚かれた。

フェンシングを教えてくれた女軍人は厳しい人で、一度もわたくしを褒めることがなかった。評価されて、逆に驚いてしまう。

「エリザベート姫はなぜ、フェンシングを？」

「これからの時代、女も強くなければいけないの。誰かに守ってもらうのではなく、自分の身は自分で守らなければならないわ」

今のわたくしだったら、襲われても傘で応戦できるだろう。一回目の人生のように、暗殺なんかさせるものか、という意気込みでいる。

「素晴らしいです！」

拍手をして絶賛する軍人に、わたくしは胸を張って応えた。ルートヴィヒが、まるで英雄を前にしたかのような目でわたくしを見つめる。

ちょっぴり恥ずかしかったけれど、悪くない気分だった。

実家の姉弟から、月に一回の頻度で手紙が届いていた。ガッケルの「シシィがいないと寂しいよ。帰ってきて」という手紙を読むたびに、ルートヴィヒは嫉妬して怒り出すことがあった。

「シシィはぼくのものなんだ。ぜったいに、わたさない！」

まだ六歳なのに、一人前に独占欲を持っているようだ。けれど、これではいけない。わたくしがルートヴィヒの世界の中心に居続けるのは、いささか危険だ。強い感情を見え隠れさせるたびに、わたくしはルートヴィヒに言い聞かせる。

「ルーイ、そんなこと言って、あなたはわたくしを、幸せにできるの？」

「できる！　だってぼくは、未来の、バイエルン王なんだ！」

気持ちだけは立派だ。六歳にして、バイエルン王になる心意気があるというのは、非常に頼もしい。けれど、その気持ちの方向を誤ってはいけない。

「ねえ、ルーイ、聞いて。幸せは、地位や財産がもたらしてくれるのではないの」

「互いの心と心が満たされないと、幸せにはなれないのよ」

「どういうこと？」

わたくしと陛下がいい例だろう。

陛下は欲しいと願った品はなんでも買ってくれたし、旅行は自由に行かせてくれた。彼に、できないことはなかったのだ。

けれど、わたくしを幸せにはできなかった。当時について思い出すと、酷く胸が痛む。

「シシィ、わからないよ。もっとわかりやすく、説明して」

「そうね……」

ここら辺を六歳の子どもに説明するのは難しい。けれど、バイエルン王だから、誰でも幸せにできるという考えは危険なものだろう。

「もし、ルーイが住む場所も、お金も、家族も失った状態で、誰にも頼らず、わたくしを幸せにできる？」

「そんなの、生きていくことすら、できないよ」

「でしょう？　今のあなたは、人を幸せにできないわ。ただの、何も知らない子どもだから」

「ねえ、シシィ。ぼくは、どうすればシシィを幸せにできるの？」

「それはね、ルーイ自身が幸せを知って、同じように他人を幸せにするの。もちろん、一人だけではダメ。なるべく、たくさんの人を、幸せにしていくのよ」

「それができたら、シシィを幸せにできるんだ」

「ええ、そうよ」

「わかった。これから、がんばる！」

ルートヴィヒが孤独な王と言われないように、わたくしは許される限りの愛情を注いだ。

彼自身も、わたくしに親愛を示してくれるようになる。

一回目の人生のような、ほの暗い愛情ではなく、純粋な愛だ。

ルートヴィヒは自分が愛を示したら、相手も愛を示してくれることを理解してくれた。

周囲にも愛を振りまく、愛らしい王子様となったのだ。

きっと、一回目の人生とは違う、光に満ちた道を歩んでくれるだろう。

と、このように、ルートヴィヒと共に平和な日々を過ごしていた。そんな中で、わたくしに一通の手紙が送られてきた。差出人を見て、胸がドクンと跳ね上がる。

「フランツ・ヨーゼフ……陛下！」

陛下との文通は禁じられていたので、手紙は二年間交わさなかった。きっと実家に届いても、母が破棄(はき)していたに違いない。

陛下はどこからか、わたくしがレジデンツにいることを聞いたのだろうか？

恐る恐る、震える手で手紙を開封すると、陛下のきれいな文字が目に飛び込んでくる。

愛らしいシシィへ、と書かれていた。いつもは愛らしい、のあとに『?』があったが、今回の手紙には書かれていなかった。初めてである。

手紙には、半月後にウィーンでヴィッテルスバッハ家の者と見合いをする予定なので、わたくしも来ないか、というものだった。

お見合いと聞いて、心の中にモヤモヤが広がっていく。なんだろうか、この言葉では言い表せない感情は。

一回目の人生で、陛下とヴィッテルスバッハ家のお見合いは二度計画された。

一度目のお見合いの日付は、手紙にあったものと同じ。今日から半月後である。

母はヘレーネを連れて、陛下とお見合いするためにウィーンへ足を運んだのだ。しかし、そのお見合いは開かれなかった。陛下が、ハンガリー人の襲撃を受け、大怪我を負ったからだ。

ハンガリー人を粛清をした結果、返り討ちを浴びてしまった事件である。

怪我の完治まで一年かかったため、二度目のお見合いがバート・イシュルで開かれることとなったのだ。

二回目の人生では、陛下はハンガリー人の粛清を行っていない。きっと、襲撃には遭わないはず。

絶対に大丈夫と自身に言い聞かせても、心が落ち着くことはない。

「シシィ、どうかしたの？　また、シシィの甘えん坊の弟が、帰ってくるようにと、わがままを言っているの？」

「いいえ、違うわ。これは、ガッケルからの手紙ではないの」

「じゃあ、誰？」

「これは、お友達……からの手紙よ」

「お友達からの手紙に、いじわるなことが書かれていたの？」

「いいえ、ルーイ」

「お友達が、恋しくなったの？」

恋しいかと聞かれて、胸が大きく弾んだ。この気持ちはもしかして——何か言葉が浮かびかけたが、ぶんぶんと首を振った。そんなはずはないと、心の中で否定する。

「シシィ、こっちの包みは？」

「さあ、何かしら。開けてみましょう」

包みを開いた中には、スミレの砂糖菓子が入っていた。ああ、と声を上げそうになるのを、寸前で堪える。陛下はどうして、今、このタイミングでこれを贈ってくれたのか。箱を持つ手が、震えてしまう。

「わあ、何これ？」

「スミレの、砂糖菓子よ。ルーイには、まだ早いかもしれないわ」

「そんなの、食べてみないとわからないよ」

「そうね」

箱を開け、紫色の美しいお菓子をルートヴィヒの口元へ運んでいく。

「うー、うん。ああ、お花のお菓子なんだね。いい香りがするよ」

「ええ、そうね」

「シシィにも、食べさせてあげる」

食べるつもりはなかったのに、ルートヴィヒがスミレの砂糖菓子をわたくしの口に含ませた。

舌の上で、スミレの香りがホロリと溶けていく。

「シシィは、どんな味がした？」

「恋の味……」

「恋？」

「ええ、そうよ。これは、甘く切ない、恋の味がするの」

ポロリと、涙が零れてしまった。一生懸命否定しようとしていたのに、わたくしは気づいてしまったのだ。

陛下に、恋をしていると。

胸が焦がれるような思いは、初めてだ。一回目の人生では、一度も感じなかった。これが、本当の恋なのか。だとしたら、あまりにも辛い。

二回目の人生では、彼に近づかないと心に誓っていたのに、わたくしたちは出会ってしまった。

わたくしと陛下が結婚したら、再びハプスブルク王朝は破滅の道を辿ってしまう可能性がある。

ガッケルのときもそうだった。大怪我から逃れたと思っていたのに、別の日に同じ怪我を負ってしまったのだ。

ここで、ハッとなる。

もしかしたら、陛下の大怪我は回避できないのかもしれない。ハンガリー人の襲撃でなくても、別の暗殺者に狙(ねら)われる可能性だってある。

オーストリア帝国は他民族を配下に置く巨大国家だ。どこで恨みを買っているか、わかったものではない。

「陛下に、忠告しないと。危険が、迫っていると」

急いで手紙を書こうと立ち上がったが、ルートヴィヒに手を引かれてしまった。

「シシィ、大事なことは、直接伝えたほうがいいよ」

「いいえ、会えない御方なの」

「バイエルンのプリンセスであるシシィが、会えない相手って誰？」

「オーストリア帝国の皇帝陛下よ」

「すごい……シシィは皇帝とお友達なんだね」

「ええ、まあ」

「皇帝と、どんなことを話していたの？」

「たわいもない話よ。わたくしが陛下に、ウィーンのお菓子情報を教えてくれと頼んだら、直接カフェハウスへ足を運んで、いろいろケーキを食べて感想を手紙に書いてくれたの」

「そうなんだ。皇帝は、シシィが好きだったんだね」

「ありえないわ」

「絶対そうだよ。だって、皇帝は忙しいのに、カフェハウス巡りなんかするわけがないでしょう？」

カフェハウス巡りは情報収集も兼ねている。都合のいいものだったのだ。決して、わたくし一人のためではない。

「それで、お手紙に毎回、シシィが大好きなお菓子をつけて、贈ってくれたんだね」

「え、ええ」

「そっか。だから、スミレの砂糖菓子は、恋の味なんだ。これを食べると、シシィは皇帝への恋を、思い出す」

改めて解説されると、恥ずかしくなってしまう。スミレの砂糖菓子が恋の味だと発言したのは、わたくしだけれど。

「それにしても、どうしたの？　急に、大人みたいにお喋りして」

「ぼくは、早く大人になりたいんだ。だから最近は、父上とたくさん、おしゃべりしているんだ」

達者な喋りは、バイエルン王仕込みらしい。

「ねえ、シシィ。本当に、ぼくと結婚するの？」

「えっ⁉」

「父上は、もしかしたら、シシィをお嫁さんにできないかもって、昨日、言ってきたんだ」

「どうして、そんなことを話したのかしら？」

「皇帝が、シシィをくださいって、父上にお願いしたのかもしれない」

「……」

言う相手を間違っているだろう。バイエルン王は、わたくしの父ではないのに。

「ぼくは大人にならないと、シシィをお嫁さんにできないんだ。でも、皇帝は、すぐにシシィと結婚できる。ぼくが大人になるまで待っていたら、シシィはしわしわのおばあさまになってしまうんだって。そうなったら、可哀想だなって思って」

「そ、そうね」

バイエルン王はルートヴィヒにわたくしとの結婚を諦めさせるため、とんでもない言葉で説得していたようだ。

仮にルートヴィヒが二十歳になっても、わたくしはまだ二十八歳。『しわしわのおばあさま』にはならない。

「それに、ぼくは、幸せのすべてを、わかっているわけではない。だからきっと、シシィを幸せにはできない」

「ルーイ……」

ルートヴィヒの体を抱きしめ、耳元で囁く。

「大人になったら、ルーイはかならず、たくさんの人を幸せにできる王様になれるわ」

「シシィ、ほんとう?」

「ええ、本当よ」

それまで健(すこ)やかに育って、孤独の道を選ばず、どうか幸せに満ちた人生を歩んでほしい。

「だからね、シシィは安心して、皇帝と結婚してよ」

「いいえ、わたくしは、皇帝陛下とは結婚しないわ」

「でも、ぼくとも、結婚をしないのでしょう?」

「それは――そうね」

正直に答えると、ルートヴィヒはわかりやすく落胆して見せた。

「ひどいな。ぼくは、シシィにもてあそばれたんだ」

「誤解よ。というか、そんな言葉、どこで覚えてくるのよ」

「侍女たちが、話していたの」

ルートヴィヒに聞かせてはいけない会話をしていたなんて。あとで、注意しておかなければ。

「ねえ、シシィ。皇帝のところに、行ってあげて」

「平気よ。手紙を送るわ」

「ダメだ！」

突然大きな声で叫んだので、驚いてしまう。いつもは、小さな声でボソボソ喋るばかりだったので、こんなに大きな声が出せるのかと感心してしまったほどだ。

「皇帝はきっと、シシィと会えなくって、さみしいんだ。その気持ちは、ぼくもわかるから」

「ルーイ」

「シシィだけが、ぼくのそばにいてくれた。シシィだけが、ぼくをわかってくれたんだ。でも――」

ルートヴィヒはわたくしを押し戻し、にっこりと微笑みながら言った。

「今度からは、ぼくがほかの人を……うーん、なんていうのかな？　わかる……知る……

えっと……？」

「もしかして、理解？」

「そう！　りかい、しなければ、いけないと思っている」

本当に驚いた。この二年で、ルートヴィヒは自分の世界から抜け出し、外を見ようとしている。現実を、きちんと受け止めようと努めていた。

「ぼくはね、もう、大丈夫。シシィがいなくても、お勉強するよ。父上の言うことも、聞く。本ばかり、読まない。だから、シシィは、皇帝のところへ、行ってあげて」

「ルーイ、でも」

「ぼくの気持ちがかわらないうちに、早く」

ルートヴィヒは私の腕を掴み、ぐっと引っ張って立たせた。

「ちょっと待って、ルーイ。ウィーン行きに関して、お母様から何も聞いていないの。きっと、お見合いにはお姉様しか連れて行く気はないのよ」

「だったら、シシィはここから直接一人でウィーンへ行けばいいよ」

「でも……」

「一人で行くのがこわかったら、ぼくもウィーンに行ってあげる」

「そんなの、王様が許すはずないわ」

「聞いてみるから！」

そう言って、ルートヴィヒは弾丸のように走り去ってしまった。ウィーンには行きたくないのに。

どうせ、許可なんて下りるわけがない。と思っていたが、国王陛下は「見聞を広げるのもいいだろう」と発言し、ルートヴィヒの旅を許してしまった。

わたくしは、ルートヴィヒと共にウィーンを目指して旅を始めることとなる。

どうしてこうなったのか。叫んでも、誰も答えてはくれなかった。

第三章　陛下と再会するエリザベート

オーストリア帝国の帝都ウィーンまで、三日の旅路が始まる。わたくしは憂鬱なまま、当日を迎えた。

ルートヴィヒは未来のバイエルン王とあって、大勢の護衛を引き連れて出かける。

初めての遠出に、ルートヴィヒは嬉しくてたまらないという様子だった。

「シシィ、ウィーンに行ったら、一緒にカフェハウス巡りをしようよ」

「そうね。きっと、楽しいわ」

「でしょう？」

馬車をシュトラウビングまで走らせ、ドナウ河を蒸気船で渡り、一行はウィーンを目指す。

ルートヴィヒは初めて見る景色を前に、ヘイゼルの瞳をキラキラと輝かせていた。

馬車の車窓から各地の教会や英雄の像を見て回り、歴史について語っていく。知識はさらに深まったように感じた。

バイエルン王の言う通り、見聞を広げるのにいい旅だったのかもしれない。

「そういえばシシィ、皇帝に、お手紙の返事は出したの？」

「いいえ、出していないわ」

「なんで？」

「なんでって……」

お見合いには行けません、という旨の手紙を書いたが、送れずに放置していた。かといって、会いに行きますという手紙も、スミレの砂糖菓子をもらったお礼の言葉も、書けなかった。

もしも、素直な気持ちを手紙に認めたら、わたくしの心にくすぶる恋心が燃え上がって、手がつけられなくなる可能性があったから。なんてことを、そのままルートヴィヒに伝えられるわけがない。

「わかった！」

「え？」

「シシィは突然ウィーンに行って、皇帝を驚かせるつもりなんだね！」

「まあ……そういうことにしておくわ」

「きっと、皇帝はビックリすると思う。シシィは来ないと思っているのに、突然現れるんだから」

「どうかしら。バイエルン王が、何か伝えているのではなくて？」

六歳の幼い王子でも、王族は王族だ。訪問するにあたって、何か連絡が行っているに違いない。

喋り疲れたルートヴィヒが私の膝枕で眠っている間、わたくしは陛下の手紙を読む。

たった二年で、陛下の手紙の書き方は変わったように思える。あどけなさを残した青年から、大人の皇帝へ成長していったのだろう。

ちょっぴり残念な気がしたが、スミレの砂糖菓子を贈ってくれるところに、これまでの『フランツィ』を感じて嬉しかったことだけはたしかだ。

ルートヴィヒが突然目を薄く開き、わたくしに向かって寝言のように呟いた。

「シシィ、早く皇帝と、会えたらいいね」

「……」

今、この瞬間だけ、素直になるのもいいだろう。

「そうね。陛下に、お会いしたいわ」

馬車と蒸気船の三日間の移動を経て、オーストリア帝国のウィーンに到着した。

。✲。✲。。✲。。

十四年ぶりに、ウィーンの街に戻ってきた。

一回目の人生のときは、街並みを見るのも嫌だった。ゾフィーが王宮にいることを考えると頭が痛くなり、酷く憂鬱になっていた。

今は、まったくそんなことはない。現在のわたくしは、ハプスブルク家とは関係ない、バイエルンの公女だからだろう。

「シシィ、見て！シュテファン大聖堂だ！　あそこで、かのモーツァルトが結婚式を挙げたんだよ。ああ、なんてきれいなんだ」

ゴシック様式の美しい教会はウィーンの街の象徴たる建物だろう。厳かなこの建物は、ハプスブルク家の皇帝の地下墓所（カタコンベ）でもある。

それ以外にも、十七世紀に大流行したペストで亡くなった人たちの亡骸も、安置されているらしい。

一回目の人生で話を聞いたときは、気味が悪いとしか思わなかった。だが、歴史を知った今、目の前にある教会が神聖なものに思えて仕方がない。

同じウィーンなのに、見え方が大きく違うから不思議だ。

馬車はまっすぐ、宿へ向かった。今日はここに一泊して、明日、王宮（ホーフブルク）を訪問する予定である。

美しきウィーンの街に感動しきりなルートヴィヒは、早く出かけようとわたくしの手を引いて懇願する。

「シシィ、カフェハウスに出かけよう」

「はいはい。わかったから、ちょっと支度をする時間をくれない？」

「はーい。三時間でも、四時間でも待つから」

「本当に？　お願いね」

急かしたのに、随分待ってくれる紳士である。動きやすい旅装束のドレスから、ウィーンの街歩きに相応しい華美なドレスに着替えた。

これらのドレスは、バイエルン王家から贈られた品々である。わたくしの家庭教師としての働きを認め、わざわざ仕立ててくれたのだ。

侍女の手を借り、一時間半ほどで身支度を整えた。すっかり待たせてしまったルートヴィヒのもとへ向かうと、長椅子に寝転がってスースー寝息を立てる姿を発見する。

「まあ！」

目にかかっていた前髪を横に流してあげると、寝顔も穏やかになる。

眉尻を下げてどうするのかと尋ねる侍女に、そのままにしておくようにと命じた。

ルートヴィヒは遊びに行くと元気な様子を見せながらも、旅疲れをしていたのだろう。

カフェハウス巡りは、今でなくてもいい。外出はやめにしてゆっくり休ませることにした。


✵。。 ✵。 。 ✵。。。


時間を持て余していたわたくしのもとに、思いがけない訪問者が現れる。

侍女の言葉に、我が耳を疑ってしまった。

「ここに、ゾフィー様がやってきたですって⁉」

「はい」

もしかして、お見合いの邪魔をするなと牽制しにきたというのか。

侍女たちは、ゾフィーの登場に物怖じしているようだった。プレッシャーをかけていたのかもしれない。恐ろしかっただろう。可哀想に。

一回目の人生のわたくしなら、尻尾を巻いて逃げていただろう。

しかし二回目の人生を送るわたくしは違う。売られた喧嘩は、真っ向から受けるつもりだ。

「わかったわ。ここに、お通しして」

「し、承知いたしました」

侍女が出て行ったあと、どっかり長椅子にふんぞり返って座る。孔雀の羽を使った豪奢な扇を広げ、パタパタと扇いだ。

数分後、ゾフィーがやってくる。四年前に会ったときと同様に軍服を纏い、鋭い目でわたくしを見下ろしてきた。ドレス姿のときより威圧感があるが、負けるわけにはいかない。ハプスブルク家の守護神たる彼女を、笑顔で見返してやった。

「ごきげんよう、ゾフィー様。さあ、どうぞ、おかけになって」

ゾフィーは無言で長椅子に腰を下ろした。

「エリザベート――四年前は小猿のようでしたが、今はかろうじて見られるようになりましたね」

「お褒めにあずかり光栄ですわ」

小猿は言いすぎではないだろう。ドレスを汚し、髪もボサボサだったから。まあ、陛下に見つからなければ、ゾフィーとあの日邂逅することもなかったのだけれど。

「でも、よくわたくしがウィーンにいると、ご存じでしたね」

「あなたが来るというのは、バイエルン王の手紙に書かれていたので」

「まあ！　陛下宛の手紙を、ゾフィー様が読まれていると？」

「ええ。一日に何百と、陛下に手紙が届きますから。処理するのは、下々の者たちの仕事なのです」

なるほど。わたくしとルートヴィヒがウィーンへやってくる旨が書かれた手紙を、陛下に渡さずにゾフィーが読んで勝手に返信したと。

六歳の王族の訪問は、陛下にお目通ししなくてもいい要件だろう。けれど、それをゾフィーが担当し、わたくしがここにいるという情報を握っている点は面白くない。

そしておそらく、陛下はわたくしがウィーンに滞在しているという情報は把握していないのだろう。

「もしかして、わたくしが陛下に会いにきたと、思っていらっしゃるの?」

「ええ。ですので、陛下にあなたと会う時間はないと、伝えにきたのです」

わざと驚いた顔をしてみせると、ゾフィーは意地悪な微笑みを浮かべていた。

「酷いですわ、ゾフィー様」

「なぜ?」

「だってわたくし、陛下にお目にかかるつもりは、まったく、これっぽっちもありませんもの! 誤解ですわ」

今度は、ゾフィーが驚いた顔をする。胸がスッとした気分だった。

「陛下と会うつもりはないと? では、あなたはどうして、ウィーンにいらしたの?」

「ルートヴィヒ王太子殿下のつき添いですわ。わたくし、殿下の家庭教師ですの。殿下がどうしても、とおっしゃるので、一緒にウィーンに来ただけです」

「で、ですが、あなたは、ずっと陛下と文通をしていたのでしょう？」

「ええ、でもそれは、過去の話です。今は、ぜんぜん」

「陛下はバイエルン王家のレジデンツにいるあなたに、手紙を送ったと聞きましたが」

「いただきましたわ。けれど、返事はしておりません」

「なぜ？」

「母の命令で、陛下との文通は禁じられていたので」

二年前、陛下とわたくしの文通の件で抗議してきたのは、ゾフィーである。わたくしが手紙を通じて陛下によからぬことを吹き込んでいると、思い込んでいたようだ。

あれはさすがに、腹が立った。だから、この場でしっかり反撃する。

「わたくしは別に、陛下に興味を持っていたわけではありませんの」

「興味がないのに、どうして文通を続けていたのですか？」

「わたくしが興味を抱いていたのは、ウィーンの洗練されたお菓子ですわ。陛下に頼んで、送っていただいていたの。王室御用達の菓子店『デーメル』に問い合わせたら、陛下が訪問し、お菓子を買っていた話を聞けるかと」

ゾフィーは悔しそうに、爪先を噛んでいた。わたくしを牽制するつもりでやってきたのに、肩透かしを食ったからだろう。

「陛下は、ヘレーネお姉様とお見合いなさるのでしょう？」

「ええ、そうですよ」

母はヘレーネを皇妃にするために、気合が入った花嫁修業をこなすよう命じていた。おかげで、どこに出しても恥ずかしくない女性に仕上がっているだろう。

「でも、どうしてバイエルン王家の者と結婚を？　今、オーストリアが脅威なのは、プロイセンではなくって？」

わたくしの指摘に、ゾフィーはスッと右目を眇（すが）める。

プロイセンとは、マリア・テレジアの時代に起きたオーストリア継承戦争後以降、よくない関係が続いている。

一回目の人生では、結婚から約十三年後にプロイセンと戦争になっていた。もしも、陛下がプロイセンの姫君と結婚していたら、回避できただろう。

「ヘレーネではなく、プロイセンの姫君と婚姻を結び、関係を深めるほうがいいように思うのですが。現在のプロイセンの王妃は、ゾフィー様のお姉様ですよね？」

別に難しい話ではないと想定していたが、ゾフィーは首を横に振る。

「プロイセンのアンナ王女に縁談の打診をしたのですが、断られてしまったのですよ」

「あら……そうでしたのね」

すでに、プロイセンとの関係は悪化の一途を辿っているようだ。もう、修復は不可能に近いのだろう。

「では、ザクセン王国のジドーニエ王女は？　こちらも、王妃はゾフィー様のお姉様ですよね？」

「彼女は病弱だったので、フランツィが却下したのです。子どもを産んでいただく必要があるので、健康な女性が望ましい、と」

「そうでしたの」

残念なことに、縁談は上手く進んでいなかったようだ。

好戦的な態度を見せるナポレオン三世に対抗するため、ドイツ連邦の国々は手と手を取り合い、一致団結しなければならないのに……。

ゾフィーもその方向で考えていたようだが、縁談は思うように運んでいないと。

それにしても、ゾフィーの手腕は大したものである。ドイツ連邦の中でも影響力のある国を選び、政略結婚を目論んでいたようだ。

「唯一縁談に応じ、フランツィが悪くないという態度を示したのが、バイエルン王家だったわけです。直系の姫君ではなく、傍系ですけれど。それでも、今回の縁談は友好の架け橋となるでしょう」

ゾフィーの『傍系』という言葉に、明らかな落胆の声色が混じる。本当は直系の王族と結婚させたかったのだろう。けれど、そうも言っていられないと。

ハプスブルク家お得意の結婚政策も、限界が来ているのだろう。一回目の人生でも、わたくしが嫁いでも嫁がなくても、オーストリア帝国の崩壊は待ったなしの状態だったのだ。いくらゾフィーが敏腕を揮っても、どうにもならない状況から抜け出せないのである。

「明後日、あなたのお姉様がやってくるので、その翌日にお見合いをいたします」

「でしたら、なるべく早めに帰りますわ」

そう答えると、ゾフィーは明らかに安堵したような表情を見せていた。

しかし、気になるのは、陛下の暗殺未遂事件である。ハンガリーとの関係は、現在そこまで悪化していない。大丈夫だろうが、一応警告をしておきたい。

「あの、市井の情勢はよいとはいえないので、陛下がお出かけになる際には、より多くの護衛をつけたほうがよろしいかと」

「あなたに指摘されずとも、きちんと護衛部隊はつけております」

ハンガリー人の襲撃を受けたときも、護衛は十分いたはずだ。それなのに、陛下は頭を攻撃され、失明寸前までのダメージを負ってしまった。現状よりも護衛を増やしたほうがいいと訴えても、ゾフィーには意味不明の発言としか取られないだろう。

「それはそうと、あなた、よく勉強をしているようですね。これまで、多くの王女と話をしてきましたが、あなたほど踏み込んだ話ができたのは初めてです。これまで、血の滲むような努力を重ねていたのでしょう。なかなか、できないことです」

「あ……いいえ、それほどでも」

　ドクンと、胸が大きく鼓動する。

　驚いた。初めて、ゾフィーから褒められた。わたくしは、ゾフィーを目指して勉強をしてきたが、ちょっとは近づいただろうか？　本人に聞けるわけがないけれど。

「あなた、いくつになったのです？」

「十四ですわ」

「なるほど。フランツィとは、八歳差ですか。しかし、もう二年も経ったら、立派な淑女ですね」

　ゾフィーはじっと、値踏みするようにわたくしを見つめる。思わず、背筋がピンと伸びた。

　失礼な目線だが、一回目の人生を含めて今までこのように見られたことはなかった。いつも、ゾフィーはわたくしに呆れたような視線しか送ってこなかったのだ。

「女の身で、ここまで多くの知識を学ぶのは、さぞかし大変だったでしょう。私もそうでした。女のくせに、何をしているんだと、厭味を言われていました。ルドヴィーカは、あなたを褒めなかったでしょう？」

「ええ、まあ」

　どれだけ頑張って勉強しても、父や母は努力を認めてくれることはない。わかってはいたものの、成果を誰にも誇れないというのはなかなか寂しいものだった。

「あなたみたいな娘が、親戚にいることを、私は誇りに思います」

初めて、ゾフィーがわたくしを見て淡く微笑んだ。今までたくさんのカリキュラムをこなしてきたわたくしを、認めてくれたのだ。

「あなたはきっと、どこの家に嫁いでも、夫を助ける存在となるでしょう」

ゾフィーは遠い目をしつつ話す。自分はハプスブルク家に嫁いでから、大変な苦労を経験してきたと。

「バイエルン王家は大らかなものですから、ハプスブルク家の厳しいしきたりについていけず、苦労しました」

「そう、でしたの？」

「ええ」

驚いた。ゾフィーのことだから、最初から完璧な妃として嫁いできたのかと思っていた。

「毎日毎日、周囲から悪口を言われていました。バイエルン王家は、躾（しつけ）のなっていない娘を嫁がせた、恥知らずだと。私はともかく、実家についていろいろ物申されるのは、許せないことでした。かといって、親切な誰かが指導してくれるわけでもなく、私は孤立無援の状態で、日々過ごしてきました」

ゾフィーはわたくしが嫌いで、宮廷のしきたりについてあれこれ物申してきたわけではなかった。

わたくしの一挙一動が、バイエルン王家の評価に繋がる。悪評を垂れ流すのを防ぐために、ゾフィー自らが表立ってわたくしを厳しく指導していたのだ。

気づいたときには、涙がポロリと零れた。

「まあ！　どうしたのですか？」

「ごめん、なさい……」

「え？」

「いえ……なんでも、ないです」

一回目の人生のわたくしは、本当に世間知らずの箱入り娘だった。

ゾフィーは陛下に愛されたわたくしに嫉妬して、意地悪をしていたのだと思い込んでいた。

でも、違った。ゾフィーは、ハプスブルク家を存続させるため、また、バイエルン王家の名誉を守るために、厳しく接していたのだ。

ごめんなさい、ごめんなさいと、心の中で何度もゾフィーに謝る。

一回目の人生ではいがみ合ってばかりだったけれど、二回目の人生では伯母と姪としてつき合いたい。そう、思ってしまった。

わたくしが「なんでもない」と強がったからか、ゾフィーは泣きやむまで待っていてくれた。意外と、心優しい面もあるようだ。

「今日は少々、情緒不安定で」

「女性には、そういう日もあります」

「ありがとうございます」

すっかり冷めた紅茶を飲み、気持ちを入れ替えた。渋みが強いお茶は、わたくしをセンチメンタルな状態から、現実へと引き戻してくれる。

「それはそうと、フランツィは、あなたを気に入っているようです」

「まあ、初耳ですわ」

「気に入っていない女のために、お菓子なんか買いに行くものですか。年齢を考慮して、フランツィの結婚相手はヘレーネが相応しいと考えていましたが——あなたが十六歳になるのを待っても、いいかもしれないですね」

「はい？」

「ですから、あなたをフランツィの結婚相手の候補として考えても、よいと言っているのです」

「なっ……‼」

わたくしを認めてくれた件に関して喜んでいたのに、まさかこういう方向へ話が進むとは。

陛下の花嫁に選ばれてしまうなんて、天と地がひっくり返ってもありえないことだろう。

「あの、わたくしは、陛下と結婚なんていたしません！」

「あら、どうして？」

「相応しく、ないからです」

「あなたの頭脳と、堂々とした態度は、皇妃の器が備わっているように感じます」

頭脳はさておき、堂々とした態度なのは当たり前だろう。なんたって、わたくしは一回目の人生で、十六歳から六十歳まで皇妃を務めてきたのだから。

『旅の御方』なんて呼ばれていたけれど、わたくしはたしかに『皇妃』だった。

「ヘレーネは美しく、聡明な娘ですが、控えめすぎる。あれでは、王宮暮らしに耐えられないでしょう」

「でも、ヘレーネお姉様は従順な性格で、適応力もあります。彼女ほど、今のハプスブルク家に相応しい花嫁はいないかと」

「私もこれまでそう思っていましたが、あなたと話をして、考えが変わりました」

「困ります。わたくしは、今のハプスブルク家に嫁ぐ気はさらさらありません。許されるのであるならば、お姉様ですら嫁がせるのは反対したいくらいです」

「それは、なぜ？」

「沈むのがわかっている船に、誰が乗ろうと思うのですか？」

「なっ‼」

ゾフィーの顔が、一気に真っ赤になる。この表情は、何度も見てきた。憤怒の顔だ。今日だけは、ゾフィーを激しく怒らせたとしても、ハプスブルク家の花嫁に選ばれるような事態は回避しなければならない。

「世界が広く深い大海ならば、オーストリア帝国は一隻の船に過ぎない。新しい時代という大波に、呑まれかけているのです。船底はすでにダメージを受けていて、だんだんと海水に浸食されている。伯母様、あなたは、気づいていらっしゃるでしょう？　自ら乗る船が、沈みかけていることに」

「……」

ゾフィーは顔を伏せる。膝の上にある拳が、ぶるぶると震えていた。

彼女はきっと、ハプスブルク家の危機に勘づいている。だから、夫ではなく、息子を即位させたのだ。けれど、自尊心がそれを認めないのだろう。

わたくしはさらに、追い討ちをかける。

「船はなぜ動くのか？　それは、船内で働くたくさんの船員がいるから。それを理解せず、船室で操縦桿を握ってふんぞり返り、船員の訴えも聞かない状態が続けば、船はいつか沈んでしまうわ」

「それでも、前に進まなければ、いけない」

絞り出すような声から紡がれるゾフィーの言葉は、酷く苦しげだった。

「わたくしは、ごめんですわ。海水に呑まれ、深く暗い海に沈むなんて。できれば、お姉様にも、そんな人生を選んでほしくない。でも、最終的に選ぶのは、お姉様だから」

きっと、ヘレーネはハプスブルク家の危機に気づいていない。彼女以外の者たちもそうだろう。

「そういうわけですので、わたくしは、このお話は絶対に、お受けすることはないかと」

ゾフィーはドン！　と、テーブルを乱暴に叩き、その勢いのまま立ち上がった。驚きのあまり、次に話そうと思っていたことが吹っ飛んでしまう。

「あ、あの――？」

「ええ、ええ。あなたの主張はよくわかりました。結婚の件も、保留とさせていただきます」

これだけ訴えたのに、保留状態にしかできなかったとは。ツキンと頭が痛み、思わずこめかみを揉んでしまう。

「あの、お姉様のお見合いは？」

「陛下は、バイエルン王家のプリンセスと結婚させます。絶対に、変更はいたしません！」

「は、はあ」

ゾフィーは「ごきげんよう」とハキハキ言って、部屋から出て行った。

シンと静まり返った部屋で「は――っ」と世界の深淵まで届きそうな深いため息が零れてしまう。

出せる手札(カード)はすべて相手に投げつけたのに、撃退した気になれないのはなぜだろうか。

人生をやりなおしても、ゾフィーには敵(かな)わないと？

なんだか酷く疲れてしまった。

ルートヴィヒは寝室に運ばれ、すやすや眠っている。わたくしも、その隣に寝転がる。

子どもの体温は高く、身を寄せているとホッとする。

何度かガッケルが「怖い夢を見た」と言って、わたくしの布団に潜り込むことがあったのだ。それを、思い出す。

今回に限っては、怖い夢を見ているのはわたくしのほうだけれど。

目覚めたら、問題はすべて解決しているのかもしれない。

重たくなった瞼を閉じ、眠りに就く。


。✲。。✲。。✲。。


翌日はルートヴィヒを伴い、カフェハウス巡りに出かける。

ウィーンの街の様子は、一回目の人生でわたくしが嫁いできたときよりも、落ち着いて見えた。これも、陛下がハンガリー人の粛清をしていない影響なのだろうか。

ただ、安心はできない。わたくしとルートヴィヒは護衛に囲まれた状態で、街歩きをしていた。

「ねえ、シシィ。陛下オススメのカフェは、どこなの？」

「ゲルストナーというお店よ。この先にあるわ」

「そっか」

ルートヴィヒは物珍しそうに、ウィーンの街並みを眺めている。

「ここは、うつくしい街だね」

「わたくしは、ミュンヘンのほうが好きよ」

「だったら、シシィはやっぱりぼくのお嫁さんになるしかないよね」

「わたくしが十歳若かったら、喜んでお引き受けしたけれど」

ルートヴィヒは口を尖(とが)らせ、拗(す)ねたようにわたくしを見る。あまりにも愛らしかったので、ぎゅっと抱きしめてしまった。

ケルントナー通りを進んだ先に、『ゲルストナー』の看板が見えてくる。白い壁に、ミントグリーンの扉がオシャレなお店だ。

入ってすぐは、お菓子を売るショップになっている。ガラスケースの中には、種類豊富なケーキが並んでいた。

チョコレートやクッキーの詰まった箱も、山のように積まれている。

「わー、お菓子がいっぱい」

「お土産を買って帰りましょう」

「うん！」

まずは、コーヒーとお菓子を楽しむ。螺旋(らせん)階段を上っていくと、カフェスペースとなっている。

二階はバーとカフェを兼ねた場所で、庶民に憩いの場を提供していた。三階はレストランとカフェを楽しめる場所で、シャンデリアが人々を照らすシックな内装である。

この、三階のスペースでのんびりまったりコーヒーとお菓子を味わうのが、わたくしの楽しみだった。陛下も、お気に召していた模様。

窓際の席に座り、メニュー表を眺めてどれにしようか考える。

「ルーイに、コーヒーは早いかしら？」

「シシィ、ぼくだって、コーヒーくらい飲めるよ！」

「ふふ、そう。ごめんなさいね」

なるべく苦くないコーヒーを選んであげることにした。

「陛下は、『フランツィスカーナー』というコーヒーがおいしかったと、手紙に書かれていたわ。ルーイは、それになさいな」

「どんなコーヒーなの？」

「雲みたいに、モコモコと生クリームを盛りつけたコーヒーよ」

「わあ、おいしそう。それにする！」

「決まりね」

「シシィは？」

「わたくしは、そうね……」

久しぶりにゲルストナーにやってきた。コーヒーだけでも二十種類以上バリエーションがあるので、迷ってしまう。しかし、もうウィーンの地を訪れることはないだろうから、一回目の人生で大好きだったものに決めた。

「アイスカフェにするわ」

続いて、お菓子を選ぶ。

「わたくしは、スミレのシャーベット」

「わっ、シシィ、選ぶの早いね」

ゲルストナーに来たら、絶対スミレのシャーベットを食べようと決めていた。デーメルにもスミレのシャーベットはあったが、わたくしはゲルストナーのものが大好きだったのだ。

「ルーイは、どんなケーキがいいのかしら？」

「皇帝陛下のオススメがいいな」

「だったら、『ゲルストナートルテ』ね」

ゲルストナー自慢の、チョコレートをたっぷり使ったケーキだ。陛下も「これはおいしい」と絶賛していた。

しばし待っていると、注文したコーヒーとお菓子が運ばれてくる。

ルートヴィヒは、生クリームが山盛りとなったフランツィスカーナーを前に、目を輝かせていた。

「シシィ、これ、本物の雲みたいだ！」

「そうね」

ルートヴィヒが頼んだフランツィスカーナーは、エスプレッソにホイップしたホットミルクを混ぜ、上からモコモコの生クリームをたっぷり載せたコーヒーである。

「これ、どうやって飲むの？　カップに口をつけたら、おじいさんのおひげみたいになってしまうよ」

「スプーンで掬(すく)って食べたら、お爺さんみたいにならないわ」

「そっか！」

ルートヴィヒはコーヒーと生クリームをスプーンで掬い、パクリと食べた。

「んん～～っ！」

足をバタバタとばたつかせている。聞かずとも、おいしいということがわかった。

「シシィ、これ、とーってもおいしいよ」

「そう。よかったわね」

「シシィも、フランツィを一口あげる!」

「ルーイ、フランツィではなく、フランツィスカーナーよ」

「だって、舌を噛みそうなんだもん」

フランツィというと、どうしても陛下を思い出してしまう。自分の名前に似ているから、陛下もフランツィスカーナーを気に入ったのだろうか。

「ルーイ、わたくしは、結構よ」

「いいから、いいから」

ルートヴィヒは、スプーンで掬ったものをわたくしに差し出してくる。

「はい、フランツィだよ。あーん」

「……」

フランツィを「あーん」されてしまう。好意を無駄にするわけにはいかないので、しぶしぶ口に含んだ。

甘くて、ちょっぴりほろ苦い味がする。わたくしの恋のようだと、思ってしまった。

「ね、シシィ、おいしいでしょう?」

「ええ、おいしいわ」

「もっといる？」

「いいえ。ルーイ、あなたが飲みなさいな」

「うん」

わたくしが注文したアイスカフェも運ばれてくる。

「シシィのそれは何？」

「エスプレッソの上にアイスクリームを載せて、生クリームを絞ったものよ」

「へー。それも、おいしそうだね」

「ちょっと味見してみる？」

「うん！」

ルートヴィヒがしたように、匙で掬って口元に持って行く。

「あっ、うーん……わー、苦い！」

「フランツィスカーナーと違って、ミルクは入っていないからね」

「シシィ、早く言ってよー！」

「ごめんなさい」

口の端に生クリームをつけていたので、ナプキンで拭いてあげる。ぷくっと頬を膨らませていたので、指先で突いて元に戻した。

「あ、ルーイ、ケーキが運ばれてきたわ。お口が苦いのも、直るわよ」

チョコレート味のスポンジの間に、チョコレートクリームが層になって挟まれた、チョコレート尽くしのケーキである。

ルートヴィヒは嬉しそうに、頬張っていた。エスプレッソの苦みは、口の中から消え去ったようである。

わたくしが注文した、スミレのシャーベットも運ばれてきた。

「シシィ、すっごい笑顔だー」

「当たり前よ。ゲルストナーのスミレのシャーベットは、世界一おいしいのよ！」

「でもシシィ、ここのスミレのシャーベット、食べるのは初めてだよね？」

「あっ……世界一おいしいと、陛下がお手紙に書いていたのよ」

「なーんだ。昨日、こっそり宿を抜け出して、皇帝とデートに行って食べたのかと思っちゃったよ」

「絶対にないから」

昨日会ったのは陛下ではなく、ゾフィーだ。決して、甘いひとときではなかった。

心がヒリヒリする時間だったような気がする。

「世界一のスミレのシャーベットかー。なんか、特別な感じはしないけれど」

「そんなことはないわ。ゲルストナーのスミレのシャーベットは、こだわり抜いて作っているのよ！」

拳をぐっと握ったところで、我に返る。慌てて、言葉をつけ足した。

「と、陛下がお手紙に書いていたの」

通常のスミレのシャーベットは、スミレのジュースに砂糖を混ぜて作ったものである。

しかし、ゲルストナーのスミレのシャーベットは、スミレの花のエキスにシャンパンとリキュール、綿菓子を加えて完成させるのだ。

口に含んだ瞬間、濃いスミレの香りを感じるのが特徴である。

「ああ、やっぱりおいしい！」

「やっぱり？」

ルートヴィヒが、わたくしのうっかり発言を訝しむ。

「……陛下オススメのお菓子は、どれもおいしい、という意味よ」

「ふーん」

ルートヴィヒは六歳と幼いながら目ざといので、一瞬でも気を抜いてはいけない。

コーヒーとお菓子を堪能し、一階でチョコレートやケーキを買い込んだ。これでしばらくは、バイエルンでウィーンのチョコレートを楽しめるだろう。品物は宿に届けてもらうようにした。

ゲルストナーから馬車に乗り、デーメルにスミレの砂糖菓子を買いに向かう。

窓の外には、楽しげにウィーンの街を観光する家族に、お菓子や飲み物を売る屋台、寄り添って歩く恋人たちなど、さまざまな物や風景が見える。

ぼんやりと眺めていたら、ルートヴィヒが話しかけてきた。

「ねえ、シシィ。どうしてずっと、日傘を握っているの？　今日は曇りだから、いらないでしょう？」

わたくしが日傘を握る理由。それは、もしも誰かに襲われたときに、対抗するためだ。

わたくしは街を歩く中で、暗殺された。もう、あのように他人に命を奪われることなど、あってはならない。

けれど、わたくしの事情なんて、ルートヴィヒに話せるわけがなかった。

「曇りの日でも、日焼けするのよ」

「ええー、どうして？」

「お勉強の話になるけれど、いいの？」

「ヤダ！」

話を逸らすことに成功し、深く安堵した。だんだんと、見知った街並みが窓の外に広がる。

ルートヴィヒは身を乗り出し、指差しながら叫んだ。

「ねえ、シシィ、見て！　ハプスブルク家の王宮だ！」

窓を覗き込むと、王宮が見えた。目にした瞬間、胸がきゅんと切なくなる。

「あそこで、皇帝陛下はお仕事をしているんだね」

「そうね」

「シシィ、本当に、皇帝とは会わないの？」

「会わないわ」

二度と、お目にかかることはない。そう、決めているのだ。

わたくしはもう、ハプスブルク家に降りかかる不幸を、見たくはないから。

王宮を通り過ぎた先のコールマルクト通りに、デーメルはあった。

貴族女性に人気のお店で、今日も華やかな夫人や令嬢が集まって会話に花を咲かせていることだろう。

「ねえ、シシィ。お店の前にいる男の人たちは、何をしているの？」

ルートヴィヒが指差す先にいたのは、全身を覆う黒い外套（がいとう）を纏った二人組の男。

「あの立ち姿は、軍人よ。多分、どこぞのお偉方がお忍びで買い物にきているんじゃないかしら」

「へー、そうなんだ。でも、どうしてえらい人が、わざわざ買いにきているの？」

「暇なのよ、きっと」

「そっか、暇なんだ」

ガタイのいい男性が二人も入り口付近で待っていたら、他の客は入りにくいだろう。現に、遠巻きにデーメルを見ている貴族女性が数組いた。

いったい、どこの誰が来ているというのか。まったく、部下の躾がなっていない。

「ルーイ、入りましょう」

「う、うん」

ルートヴィヒの手を握り、中へと入る。軍人はわたくしをチラリと見たが、見返したらサッと視線を逸らしていた。

女性を見るなんて、本当に不躾だ。主人に一言物申したくなる。

「ねえ、シシィ」

「何？」

「お店の中では、大人しくしていてね」

「どういう意味よ」

「顔が、喧嘩しそうだったから」

「しないわよ。失礼ね」

店内に入ると、可愛らしくラッピングされたお菓子や、ガラスケースに並んだケーキやチョコレートにうっとりしてしまう。どこからか甘い香りが漂っているのは、店内で職人がお菓子を作っているからだろう。

すでに先客がいて、店員に一生懸命注文している。積み上がった商品の隙間から、姿がチラリと見えた。外で待っている軍人と同じ、全身を覆う黒い外套を纏っている。背がスラリと高く、金色の髪を持つ青年のようだ。応対する店員の顔が真っ赤なので、相当見目のよい男なのだろう。

「その、スミレの砂糖菓子を三箱……いや、六箱用意してくれ」

風邪でも引いているのか。声がガラガラだった。お気の毒に。そういうときは、部下に買いに行かせたらいいのに。

「メッセージカードを一緒に入れてくれるか？」

「はい、もちろんでございます」

わざわざメッセージカードを持参して、来店したらしい。かなり用意周到なものである。

「あ――参ったな。何も書いていないカードを、間違って持ってきてしまった」

「よろしかったら、代筆いたしましょうか？」

「いいのか？」

「はい」

「では、愛を込めて、と。あ、いいや、いい。直接伝えるから」

「さ、さようでございましたか」

何が、愛を込めて、だ。口から砂を吐きそうになる。よくも、そのような恥ずかしい台詞を他人に向かって言えるものだ。

と、ここで気づく。あの後ろ姿は、どこかで見たことがあると。

一回目の人生の知り合いだったか。金髪で背が高く、女性に赤面させてしまうような美貌の男など、知り合いにいただろうか。

顎に手を添えて考える。

「あ！」

一人だけ、該当者が浮かんだ――陛下だ。

手紙に毎回デーメルにスミレの砂糖菓子を直接買いに行っていたと書かれていたが、本当に陛下が直々に買っていたとは。

もしかして、わたくしに手渡すスミレの砂糖菓子を買いにきたというのか。それに、愛を込めてというカードを添えようとしていた。

カッと、頬が熱くなる。

いやいや、決めつけるのはよくない。陛下は、明日お見合いをするヘレーネに渡すのかもしれない。

それを思ったら、胸がツキンと痛む。

別に、わたくしは陛下とお見合いするわけではない。会う予定もなかった。それなのに、心の中がモヤモヤしてしまう。

ゾフィーにきっぱり陛下と結婚しないと宣言したばかりなのに、まだ陛下への恋心を引きずっているようだ。我ながら、困ったものである。

「シシィ、ぼーっとしているけれど、何を買うか、決めたの？　ねえ、シシィったら！」

思いの他、ルートヴィヒの声が大きかったので、慌てて塞いだ。

「シシィ？」

掠（かす）れた声が、背後から聞こえる。

振り返った先にいたのは、陛下だった。手にしていたスミレの砂糖菓子が入った紙袋を落とす。

目と目が合った瞬間、肌が粟立（あわだ）った。心にあった恋心が爆発したのかと思うくらい、胸がドキンドキンと激しく高鳴る。

身動きも、声を出すこともできなくなった。ただただ、体が熱い。

四年ぶりに会った陛下は、すっかり大人の男性になっていた。四年前に会ったときに感じた、あどけなさはまったくなくなっている。

まっすぐに見つめられ、頭の上から火が噴き出しそうだった。

「もしかして、シシィか？」

「え、ええ。その、お久しぶり、です」

「シシィ！」

陛下はあろうことか、わたくしを傍に引き寄せ、胸の中に閉じ込めたのだ。

「シシィ……シシィ……！　ああ、こんなところで会うなんて。一瞬、スミレの花の妖精かと思った」

この人は、何を言っているのか。そんな言葉さえ、出てこない。

行動を起こしたのは、ルートヴィヒだった。

「ぼくのシシィに、なんてことをするんだ！」

そう言って、陛下の背中をポカポカ叩いている。

「シシィはぼくの婚約者だ！　はなせ！」

「なっ、婚約者、だと⁉　シシィ、本当なのか⁉」

なんだ、これは。二人の男が一人の女を争うというロマンス小説にあるような、女性が憧れる展開だが……。

「ルーイ、叩いちゃダメ！」

「どうして？」

「だって、この御方は――」

「陛下！」

店の外から、軍人が店内へと入ってくる。

「店内には入ってくるなと言っただろうが」

「しかし、その、困った状況にあるようお見受けしたので」

「平気だ。下がれ。私はしばし、カフェスペースで茶を飲む」

「は、はあ」

隙を見て、陛下の腕の中から逃れる。そして、呆然としているルートヴィヒを引き剝がした。

「シシィ、この人、皇帝なの？」

耳元で「そうよ」と答えた。今度は、陛下がわたくしに質問をぶつける。

「シシィ、彼と、婚約を、結んでいるのか？」

「両親とバイエルン王の、口約束、です」

「正式なものではないのだな」

「ええ、まあ」

ちらりとルートヴィヒを見る。先ほどまでの勢いはどこに行ったのか。相手が陛下だとわかった途端、もじもじし始める。

「バイエルン王、ということは、こちらはルートヴィヒ殿下か？」

「あ、そ、そう！」

陛下に出会ったショックで礼儀も何も吹っ飛んでいた。まず、ルートヴィヒの紹介をすべきだったのだ。

「彼はバイエルン王の第一王子、ルートヴィヒ、です」

ルートヴィヒはペコリと、可愛らしいお辞儀をしていた。

「はじめまして、皇帝陛下。お会いできて、こうえい、です」

六歳にしては、百点満点の挨拶だろう。陛下はにっこりと微笑みを返していた。

「立ち話もなんだ。奥で話をしよう」

「いえ、わたくしたちは――」

「よろこんで‼」

立ち去ろうとしたのに、ルートヴィヒが返事をしてしまった。

もしかして、陛下に憧れていたのか。ルートヴィヒの頰がリンゴのように真っ赤になっている。

もう二度と、陛下にお目にかかれる機会なんてないのかもしれない。それにルートヴィヒにとって、陛下は君主の完成形として見本となるだろう。

仕方がないとため息をつきつつ、陛下とお茶の席を囲むことにした。

席の周囲に衝立（ついたて）を置き、クッキーと紅茶を堪能する。

クッキーはハプスブルク家の食卓にも並ぶ、『ザント・クーヘン』と呼ばれるもの。バターをたっぷり使った生地に、表面にザラメ砂糖をまぶして焼いたお菓子だ。

一回目の人生では、減量の天敵としていたお菓子である。高脂肪、高タンパク、糖分過多と、太ってくださいと訴えるようなものだったのだ。

ゾフィーも大好物だったようで、しきりに勧めてくれた。意地でも食べなかったけれど。

今は減量とは無縁の人生だ。遠慮なく食べる。

「んっ、おいしい」

「それはよかった」

思わず口から出てきた言葉に、陛下が相槌を打つ。なんだか恥ずかしくなって、砂糖も何も入っていない渋い風味の紅茶を飲んだ。

「陛下は、どうしてこちらに？」

「ああ、シシィに贈るお菓子を買いにきていたんだ。昨日母から、シシィがウィーンに到着したと聞いていたものだから」

やはり、あのスミレの砂糖菓子はわたくしに贈るものだったようだ。カードのことを思い出してしまい、再び渋い紅茶を飲んで羞恥心を誤魔化す。

「さっき落としてしまったから、新しいのを用意しておこう」

「あの、その、大丈夫です。落ちたものでも、嬉しいです」

「いいや、ダメだ」

何を言っても聞かないだろう。話を逸らすことにする。

「あの、明日は、ヘレーネお姉様とお見合いのようで」

「ヘレーネ？　なぜ？」

真顔で、なぜと問われる。わたくしも、なぜと問い返したい。

「私は、シシィに求婚するつもりでいたのだが」

とんでもない一言に、危うく持っていたカップを落としそうになった。

それほどに、衝撃的な言葉だったのだ。

「ど、どう、して？」

「君ほど賢く、勇敢で、愛らしい女性を他に知らないから」

「そんなことありませんわ。わたくしの姉、ヘレーネだって、賢く、勇敢で、愛らしいです」

「そうかもしれない。でも私は、君を知ってしまった」

「陛下……」

視界の端で、ルートヴィヒが口元に手を当ててわたくしと陛下を交互に見ていた。

子どもの前でですべき話ではなかったのかもしれない。

「そもそも、陛下のご年齢は二十二で、わたくしはまだ十四です。もっと、年頃が近い女性と婚姻を結んだほうがよろしいかと」

今まで、わたくしばかりバイエルン王家の変わり者の血が――と、自分を責めていたが、陛下だって母親がバイエルン王家出身である。十分、変人一家の血を受け継いでいるのだ。

そんなバイエルン王家の血が濃いわたくしと陛下が結婚したら、自ずと子どもも変わり者となってしまう。

まあ、今回に限っては、バイエルン王家との婚姻問題は目を瞑(つぶ)るとして。

幸い、ヘレーネはわたくしより二歳年上で、十六歳と結婚適齢期でもある。相応しい相手がいるのに、どうしてわたくしを望んでいるのか。

「誰も、わたくしと陛下が結婚することは、望んでいないかと」

「それでも、私は今のハプスブルク家に、君が必要だと思った」

「そんなこと――」

「ある。皇帝である私が望んでいるのだ。間違いはない。シシィのことは守るし、絶対に、幸せにしてみせる」

一回目の人生でも、彼に望まれるがまま結婚した。

けれど、陛下はわたくしを守ってくれなかったし、幸せにもしてくれなかった。

それだけではない。家族は次々と死に、涙に明け暮れる毎日を過ごしていた。あのような日々をもう一度体験したら、わたくしの心は壊れ、二度と元には戻らないだろう。

「わたくしは、陛下と結婚は、できません」

「シシィ、どうして?」

「ねえ、陛下」

ルートヴィヒが、まっすぐな瞳で陛下に問いかける。

「陛下は、国とシシィ、どっちか選べって言われたら、どっちを選ぶ？」

「何を、言っているのだ？」

「シシィはね、ぼくの大切な人なんだ。だから、シシィを選べる人じゃないと、結婚は、したら絶対にダメ」

国かわたくしかの二択なんて、聞かずともわかっている。陛下は国しか選べない。

陛下は言葉を失っている。まさか、たった一言でとどめを刺してしまうなんて。ルートヴィヒ、恐ろしい子。

「陛下、そろそろ帰りましょう」

「シシィ——」

「もう、お会いすることはないでしょう」

陛下はわたくしの手を、そっと包み込むように握った。すぐさま顔を逸らし、手を払った。

「どうか、お元気で」

「シシィ、待ってくれ。宿まで、送らせてくれ」

「いいえ、結構です」

「シシィ、陛下が、かわいそうだよ?」

「そんなふうに言っても、これ以上お話しすることなんかないし」

「少しだけ、二人でお散歩してきたら? ぼくは、みんなと先に帰るから。じゃあね、シシィ」

「ちょっと、ルーイ!」

ルードヴィヒは一人でテクテク歩き、護衛と合流して本当に帰ってしまう。

残されたわたくしは、陛下を振り返った。雨に濡れた子犬のような瞳を、わたくしに向けている。そんな目で見られても、困るのだが。

「では、陛下。王宮まで、ご一緒させてください」

「私を送っていくというのか?」

「ええ。だって、宿まで歩いて行ける距離ではありませんもの」

「だったら、王宮で帰りの馬車を手配しよう」

「そうしていただけると、助かります」

デーメルから王宮まで、目と鼻の先だ。散歩とも呼べない距離だろう。陛下の護衛を引き連れ、正門を目指す。

店から数歩は黙ったまま歩いていたが、陛下のほうから話しかけてくる。

「シシィ、考えなおしてくれ」

「陛下、わたくしのことはもう、お忘れになってください」

「どうして、陛下と呼ぶ？　フランツィと呼ぶようにと、言っただろう？」

「……」

昔と今とは、状況が異なる。今はもう、そのように気安く呼べる関係ではない。

彼はオーストリア帝国の皇帝で、わたくしはバイエルン王家傍系の端くれだ。身分に違いがありすぎる。

「シシィ、私の名を、呼んでくれ。君が呼びかけたときだけ、私は皇帝ではなく、普通の男になれるのだ」

陛下は苦しげな表情で訴える。早く、楽にしてあげたい。けれど、わたくしには無理な話だった。

「申し訳ありません、陛下。わたくしには、できません」

どうしてこうなったのか。心の中で頭を抱え込む。

一回目の人生で、陛下は自由奔放で礼儀知らずなわたくしが新鮮に見え、求婚した。

だから、二回目の人生では、たくさん勉強して、礼儀を習って、失礼で、堅苦しい女になったのに。

ただ、意味のないものではなかっただろう。この時期、学生や労働者、国民兵が王宮の前に殺到し、政治に対して要求を投げかける抗議活動が盛んだったと聞く。

今、街は平和そのものだ。陛下が国民を想い、寛大な政治を執っているからだろう。

もしかしたら、運命は変えられるのかもしれない。現に、一回目の人生とは違う流れになっているから。

あっという間に王宮の前の正門に辿り着いてしまった。

「では、陛下。わたくしはこれで」

「シシィ、待て」

陛下はわたくしの手を握り、怒りの表情で見つめる。このように、激しい感情を剥き出しにするのは、初めてだ。陛下はずっと、皇帝の仮面をかぶり、感情を常に一定に保っていたから。

わたくしが暗殺されたときだって、平静だった。

それなのに、陛下は今、わたくしに対して怒っている。心が揺さぶられ、言葉を失ってしまう。

「一度、中で話をしたい。母も、今一度シシィと話をしたいと言っている」

「な、なりません」

「母も、シシィとの結婚に賛同しつつある。きっと、話し合ったら、賛成してくれるだろう」

「あなたは、何も、お一人では、決められないのですね」

「なんだと？」

「お母様、お母様って連呼して、大の大人が、恥ずかしい」

ついに、言ってしまった。一回目の人生でも、言えなかった言葉だ。

ゾフィーの存在が、陛下の弱点であることは、重々承知している。だから、これまではっきり言わなかったのだ。

きっと、怒って帰るだろう。そう思っていたが、わたくしの想像は外れてしまう。

「わかった。シシィがそう言うのならば、私はもう、今後一切母の言ったことは聞き入れない」

「そんなの、信じられません」

だって、陛下にとってゾフィーはあまりにも大きな存在で、彼の人生になくてはならない人だろう。決別なんて、できるわけがない。

「契約書を、作れば納得してくれるか？」

「紙切れ一枚の約束なんて、信じられませんわ」

「どうしても気になるというのならば、母は遠い土地に隔離しようか」

「そんな、酷いこと、できるわけ――」

「できる。先ほど、ルートヴィヒ殿下に国かシシィかと聞かれて答えられなかったが、母かシシィだったら、迷わずシシィを選ぶ」

陛下の言葉に、地面に大きな穴があいて、地底に落ちていくような衝撃を受けた。

ゾフィーを崇拝していた陛下の言葉とは、とても思えない。

「でも、この王宮は、わたくしには、窮屈、ですわ」

自由な環境で育ったわたくしには、ウィーンの王宮は監獄のようだった。だから、わたくしはウィーンを飛び出し、旅に出かけていた。

いくら勉強をして、礼儀を身につけても、もともとある環境だけは耐えられるわけがない。

「ハプスブルク王家のしきたりを受け入れられないのならば、すべて撤廃する。王宮の居心地が悪いと思うのならば、すべて改装しよう。庭の木々や草花を引き抜いて、馬が走れるようにすればいいのか？」

「陛下……」

一回目の人生でそのようにしてくれたら、どれだけ幸せだったか。

「それでも、わたくしは、陛下と結婚できないのです」

「シシィ！」

「早く、お帰りになってください。シシィ、頼む、もう一度、じっくり考えてくれ」

「母のことはどうでもいい。ゾフィー様が、心配されます」

心が、震える。生まれ変わってもここまで望まれるのは、とても幸せなことだろう。

しかし、わたくしはハプスブルク家の行く末を知っている。結婚を受け入れられるわけがない。

瞼が燃えるように熱い。今にも泣きそうだった。

陛下に縋って、喜んでと答えられたら、どんなによかったか。

でもそれは、十四歳の甘ったれた「シシィ」の感情だろう。

心の中に在る、六十歳で暗殺された皇妃「エリザベート」が囁く。陛下との結婚が、不幸の始まりであったと。

愛だの恋だの、言っていられるのは今のうちだけだ。焚き火の炎だって、いつか燃え尽きてしまう。一時的な感情に身を任せ、人生を棒に振ってはいけない。それは、わたくしだけでなく、陛下もだろう。

だからわたくしは、陛下の目をまっすぐ見て答えた。

「わたくしは、陛下がどれだけ望もうと、結婚はできません！」

「シシィ……なぜ？」

「わたくしのような女と婚姻を結んだら、オーストリア帝国が、滅びてしまう」

「それは、どういうことなんだ？」

「そのままの、意味です。もっと、ドイツ連邦の中でも影響力のある国の姫君と結婚したほうが、よろしいかと」

陛下は呆然としていた。無理もないだろう。オーストリア帝国が滅びるなどと、わたくしが口にしたから。

握られていた手を振り払い、一歩下がる。早く帰るように、門のほうを手で示した。

だが、陛下はじっとわたくしを見つめたまま、動こうとしない。

護衛が「陛下」と声をかける。

陛下は一歩、わたくしに近づき、意を決したような表情でありえない言葉を紡いだ。

「シシィ、私は、国ではなく――君を、選ぶ」

「え？」

「すべてを失ってもいい。君が、ほしい」

視界が、ぐにゃりと歪んだ気がした。ハプスブルク家の象徴たる男が、何を言っているのか。

皇帝という立場でこのような発言をするなど、あまりにも無責任だ。

「幸い、私には、優秀な弟たちがいる。もしかしたら私に何かあるかもしれないと思い、マクシミリアンと、カール・ルートヴィヒに、帝王学を学ばせてある」

「え⁉」

一回目の人生では、帝王学を学んでいるのは陛下だけだった。三歳年下の弟マクシミリアンとは政治の方向性で意見を違え、一時期仲違いもしていた。

今は政治について同じ志を持っているようだ。

運命は少しずつ変わっている。

もしかしたら、ハプスブルク王朝は滅ばないのかもしれない。

陛下が伸ばした手を、取るのは許されるのか？

皆の知恵を振り絞れば、破滅の道を回避できるのではないか。

「シシィ、これからは、君だけのために生きよう」

「陛下……！」

大きな手に、そっと指先を重ねようと思っていた。

陛下の背後できらめいた、ナイフを見つけるまでは。

わたくしは陛下の体を全力で押しのける。結果、ナイフを振りかざした男と対面してしまった。

鋭い銀色の切っ先が、わたくしの胸に吸い込まれるようだった。

陛下の叫び声が聞こえた。エリザベート、と。

プツンと、糸が切れるように意識がなくなる。

。✲。。✲。。✲。。

シシィ……シシィ……行かないでくれ、頼む……‼

悲しみに暮れた囁きが、微かに聞こえる。陛下の声に似ているけれど、このように弱々しいわけがない。

彼はいつだって、迷いの感じ取れない力強い声を発していた。

わたくしの手にそっと、誰かの温かい手が添えられる。冷えきった体が、じわじわ熱を帯びてくるようだった。

頬に、雨粒が落ちてくる。とても、熱い。これは、雨ではないだろう。きっと、涙だ。

いったい誰がわたくしの顔を覗き込み、涙しているのか。

頬を、どんどん涙で濡らしていく。早く起きて、泣かないでと声をかけなければならない。

瞼を開いた先でわたくしに縋っていたのは——フランツィだった。

どこにも行かないでくれと、慟哭（どうこく）している。

これは、夢だ。きっと、目の前にいるのは、涙を流して感情を剝き出しにする青年皇太子の、フランツィだろう。

皇帝フランツ・ヨーゼフが、涙を零すわけなんてない。

だからわたくしは、幼子をあやすように、優しく声をかける。

「フランツィ、泣かないで」

「シシィ、シシィ……‼」

わたくしに縋るフランツィを、胸にぎゅっと抱きしめた。

「わたくしは、どこにも、行かないわ」

そう言った瞬間、胸がズキンと痛んだ。ぼんやりしていた視界が、ハッキリしてくる。

「い、痛っ……！」

「シシィ、すまない。君は、胸を怪我していたね。医者を！　誰か、医者を！　シシィが目覚めたぞ！」

だんだんと、意識が鮮明になってきた。これは、夢ではないと、胸の痛みが教えてくれた。

周囲を見渡すと、見覚えのある部屋だということに気づく。ここは、陛下の寝室だ。わたくしはなぜ、ここで眠っていたのだろうか。記憶を辿ってみる。

陛下の背後に迫る、ナイフを持った男。咄嗟に、わたくしは陛下の体を突き飛ばしたのだ。

「わたくしは——陛下を暗殺しようとした者に、刺されてしまったの？」

「そうだ。シシィ、君はなんて危険な行為をしてくれたんだ」

当時の様子を思い出すと、指先がガタガタ震えてしまう。陛下を突き飛ばすのと同時に、武器として持っていた傘も一緒に手放してしまったようだ。

いや、傘を握っていたとしても、陛下を突き飛ばしたあとだったら、ナイフから身を守ることはできなかっただろう。

「わたくしの命は、助かったのね」

「そうだ。分厚い外套が、君の心臓を守ってくれた」

ウィーンの冬はよく冷える。だから、街歩きをしても寒くないよう、服を重ねて着ていたのだ。

「ナイフの切っ先が肌に刺さっただけで、奇跡的に軽傷だった。しかし、倒れたときに頭を強く打ってしまい、三日間昏睡状態だったんだ」

「そう、だったの」

言われてみたら、額がズキズキ痛む。頭には、包帯が巻かれていた。

「君が目覚めなかったら、どうしようかと思っていた。本当に、よかった。深く感謝しているが、このようなことは、二度としないでほしい。私を置いて、逝かないでくれ」

「それは、約束できないわ。人は、いつ死ぬかわからないから」

「シシィ……」

陛下を暗殺しようとしていたのは、欽定憲法を緩和したことに反感を抱いた貴族による犯行だった。

一回目の人生では、このような暗殺未遂事件はなかった。

以前、ガッケルが怪我をしたときのように、事件をなくそうと奔走しても、同じような事件が起こる運命の歯車が働いたのだろう。

「護衛も見知った顔だったので、警戒していなかったようだ」

「でしょうね」

「シシィが私を庇っていなかったら、犯人のナイフは私に深く突き刺さっていたかもしれない。君は、私の救世主だ」

「大げさね。たまたま、気づいただけよ」

ここでわたくしは陛下と一つの約束を交わす。なるべく不要な外出は避け、外に出るときは護衛を大勢つけるようにと。

その後、医者の診察を受けたわたくしは、深い眠りに就いた。

翌日には、家族とルートヴィヒが面会に来る。

ルートヴィヒはわたくしの顔を見るなり、わんわん泣き出す。自分が皇帝との散歩を勧めたから、暗殺に巻き込まれてしまったのだと責任を感じているようだった。

「シシィ、シシィ、ごめんなさい！」

「ルーイ、犯人は、王宮に自由に出入りできる人だったの。だから、別の場所で事件が起きていたら、暗殺は防げなかった可能性があるのよ」

「でも、でも、シシィが、怪我を、してしまった」

「平気よ。お医者様は、軽傷だとおっしゃっていたわ」

「痛かったでしょう？」

「大丈夫。あなたが涙を流すほうが、ずっと胸が痛むわ」

ルートヴィヒの体をぎゅっと抱きしめる。まだ、胸の小さな傷は痛んでいたけれど、彼を泣きやませるにはこれが一番なのだ。

家族にも、心配をかけた。あのハプスブルク家嫌いの父まで、王宮まで飛んできたくらいだ。

もう大丈夫だと言って、安心させた。

最後に様子を見にきたのは、ゾフィーだった。険しい表情でわたくしの枕元にやってきて、深々と頭を下げたのだ。

驚いた。それは皇帝陛下の身を守ってくださり、心から、感謝いたします」

「ゾフィー様、大げさですわ」

「いいえ、そのようなことはありません。あなたのおかげで、皇帝陛下は生き長らえることができました」

まったくらしくない、ゾフィーの殊勝な態度に動揺してしまう。

「あなたの言う通り、護衛を増やしていたら、こんなことにはならなかったでしょう」

すぐに護衛の数を増やし、陛下の周囲を固めているという。以降、心配は無用だとも。

「やはり、あなたこそ、陛下の皇妃に相応しい女性です」

「そんなの、買いかぶりです」

「買いかぶりなものですか。現に、ヘレーネはあなたが陛下の暗殺に巻き込まれ、怪我をしたと聞いたとき、ただ泣き崩れるばかりでした。ヘレーネは、何もできなかった」

「それは――」

ヘレーネはまだ十六歳だ。家族が怪我をしたと聞いて、毅然としていられるほうがおかしいだろう。

わたくしは一回目の人生で六十歳まで生き、記憶を引き継いだまま二回目の人生を送っている。何か事件が起こっても、家族が亡くなったり、自分が暗殺されたりする出来事に比べたら、大したことではないと思ってしまうのだろう。

感情が揺れ動くことなんて、滅多にない。

なんて思ったが、ナイフで刺される前に、陛下がとんでもない発言をしていたような気がする。

皇帝の座を捨てて、わたくしを選びたいと訴えていた。

あのときの記憶は曖昧で、もしかしたら、ナイフを刺されたあとに見た夢なのかもしれない。

だって、ありえないだろう。ハプスブルク家の象徴たる皇帝フランツ・ヨーゼフが、命よりも尊重している公務を放り出すという発言をするなど。

きっと、夢に違いない。そう思っていたほうが、精神の平静を保てる。

「あなたが皇妃となるならば、私は政治から手を引きます」

「え？」

「ここの王宮は陛下とあなたに任せて、地方でゆっくりさせてもらうつもりです」

「それは……陛下に何か言われましたの？」

「いいえ、私が勝手に決めたことです」

驚いた。陛下の陰から虎視眈々（こしたんたん）と睨みを利かせていたゾフィーが、ウィーンの街から去るなんて。

「でも、大丈夫、なのですか？」

「大丈夫、というのは？」

「その、心配とか、されていないのでしょうか？」

「特に、不安に思う点はありません。そもそも、最近は陛下の政治に、ほとんど口出ししていないのです」

「そ、そうですの？」

「ええ。陛下の意見を尊重しています。結果、ウィーンの治安はよくなりました」

たしかに、街は一回目の人生より、ずっと平和だ。それは陛下が民族問題に真摯に向き合い、譲歩の道を歩んでいるからだろう。

「陛下とあなたにだったら、国を任せられます。だからどうか、陛下との婚姻を受け入れてください」

「……」

ハプスブルク家という大きな船は、底にあいた穴を修繕し、進む方向を変えて前進しているのかもしれない。

けれど、今回みたいに、運命を変えても似たような事件が起こることが引っかかる。

陛下の大怪我が、わたくしの軽傷に変わっただけでも、素晴らしい進歩だとは思うが。

これから先、息子ルドルフの死や、陛下の弟マクシミリアンの処刑に、カール・ルートヴィヒの病死、バイエルン王となったルートヴィヒの溺死にわたくしの暗殺など、大きな事件を乗り越えるだけの精神力が、今のわたくしにはない。

だから、陛下との婚姻は、きっぱり断る。

「ごめんなさい。わたくしは、陛下と結婚できません」

「あなたはまだ、意地を張っているのですね」

「意地ではありません。この結婚はわたくしだけではなく、周囲も不幸にしてしまう」

「具体的に、どう不幸になるというのですか？」

「すみません、それは、言えません」

「言わなければ、納得できないのですよ？」

一回目の人生をここで語っても、信じてくれないだろう。話すだけ無駄だ。

「私は、諦めませんからね」

「そんなことを言われても、困ります」

胸の傷が痛むと主張し、ゾフィーに出て行ってもらう。

それからわたくしは、こんこんと眠り続けた。


。✵。。✵。。✵。。


一週間、母の手厚い看病を受け、父やガッケル、ルートヴィヒと楽しくお喋りをしているうちに、胸の傷は快方へ向かっていった。

もともと軽傷であるにもかかわらず、重傷患者のような扱いを受けていたのだ。

でも、久しぶりに家族と過ごして、楽しかった。

明日、ミュンヘンへ帰ることも決定した。しばらく自然豊かな地にある、ポッセンホーフェン城館で療養する予定を立てている。もちろん、ルートヴィヒも一緒だ。

穏やかな午後、ヘレーネがリンゴを持ってわたくしを見舞いにやってきた。

「シシィ、具合はどうかしら？」

「平気よ。寝台の上から動くことを許されず、その上お世話されすぎて、そのうちザワークラウトになるんじゃないかしら？」

「まあ、シシィったら」

上品に微笑む姉を見ていたら、陛下とお似合いだと思ってしまう。そんなことを考えると、胸がツキンと痛んだ。これは、ナイフに刺された傷が痛んだのではない。わたくしの恋心が、悲鳴を上げているのだ。

「ねえ、シシィ。陛下とお会いしていないのですって？」

「ええ」

「どうして、陛下だけ拒絶するの？」

「それは、嫌いだからよ。堅苦しくて、話していると息が詰まりそうだし、隙あらばお説教ばかりするの。口うるさいったらないわ」

言葉にした瞬間、なぜかわたくしのほうが傷ついてしまう。この場限りの嘘なのに、どうしてなのだろうか。

「シシィ。そんな心にもないことを言ってはダメよ」

「嘘じゃないわ」

そう言った瞬間、眦から熱い何かが溢れてくる。頬を伝い、強く握っていたシーツを濡らした。

「シシィは、皇帝陛下を、お慕いしているのね。だから、命を懸けて守った」

ヘレーネはわたくしのことなんて、すべてお見通しだったのだろう。嘘が通じる相手ではなかったのだ。

「シシィは、私に気を遣っているのかしら?」

「い、いいえ、違うわ」

「だったら、どうして陛下の想いを受け入れないの?」

「それは――」

もう、一人で抱えられる問題ではない。嘘つきだと思われてもいい。

わたくしはヘレーネに、一回目の人生であったことを、説明した。

信じがたい事件を、次々と語っていく。ヘレーネは眉を顰めたり、瞳を見開いたりと、さまざまな反応をしていた。けれど、おかしなことを言うなと、批難する様子はない。

わたくしが嫁いできてから、ハプスブルク家は不幸の連続だった。

唯一、陛下だけは長生きしたけれど。

陛下亡きあとは、瞬く間に国は傾いていった。当時のハプスブルク王朝は、『フランツ・ヨーゼフ皇帝陛下』という柱を支えに、なんとか続いていたようなものだったのだろう。

そのあと即位したカール一世の治世は、二年と続かなかった。

戦争と革命に抗(あらが)えなかった結果、オーストリアは君主を持たない共和制国家となったのだ。

「――これが、ハプスブルク王朝の終焉だったの」

話し終えた瞬間、ヘレーネはわたくしに抱きつく。

「お、お姉様⁉」

「シシィ……辛かったわね……ずっと、一人で抱え込んで、辛い道を歩んでいたなんて……！」

ヘレーネは大粒の涙を流しながら、わたくしの背中を優しく撫でてくれる。

「お姉様、今の話を、信じてくれるの？」

「当たり前でしょう？　シシィが嘘をついているときは、すぐにわかるのよ」

ヘレーネはわたくしに、「もう、一人で抱え込まなくてもいい」と優しく囁いてくれた。

「私のほうからも、お父様に頼んであげる。シシィと皇帝陛下の縁組みを、断ってほしいって」

「でも、そうしたら、お姉様が陛下と結婚することになるのではないの？」

「いいえ、大丈夫。陛下は、私を結婚相手には選ばないわ。心配しないで、シシィ。みんなで、ポッセンホーフェン城館へ、帰りましょう」

「ええ……」

ハプスブルク家という鎖にがんじがらめになっていたわたくしの心は、今、解放されたような気がする。突拍子もない話を信じてくれた、ヘレーネのおかげだ。

その後、ヘレーネは父を説得し、陛下との婚姻話を取り消すことに成功したという。ゾフィーに勝てるのか心配していたが、父は今まで家族に見せたこともないくらい毅然とした態度で、話し合いに参戦していたらしい。

わたくしは誰にも引き留められずに、ポッセンホーフェン城館へ帰れるというのだ。

ただ、最後に陛下と面会するようにと言われてしまった。何を話すというのか。ヘレーネの同席を求めたけれど、きっぱり断られてしまう。最後にしっかり挨拶するようにと、説得されてしまった。

用意された部屋で陛下を待つ。そこは、庭の草花が観賞できる大きな窓がある部屋だった。柔らかい陽光が、差し込んでいる。太陽の強い光は苦手だけれど、木々が光を半分ほど遮ってくれているのだろう。ほどよい明るさだった。おそらく、庭師がこの部屋の陽光を計算しているのだろう。

扉に一筋の光が集まっていた。そこをジッと眺めていたら、扉が開いた。陛下がやってきて、視線が交わってしまう。

互いに微笑むことなく、見つめ合うだけの時間をしばし過ごした。

胸が、痛い。きっと、陛下も同じ想いだろう。

ふっと目線を逸らしたら、陛下が話しかけてきた。

「シシィ、病み上がりのところを、すまない」

「いいえ、お気になさらず」

陛下はヴィッテルスバッハ家の申し出を受け入れてくれたのだ。こちら側も、誠実に応えないといけない。

「最後に、どうしてもシシィと話をしたかった」

「ありがたく存じます、陛下」

そう答えると、陛下は酷く傷ついた顔を見せる。いったい、今の返事のどこが気に入らなかったのか。

「シシィ、願いがある。今だけ、フランツィと呼んでくれないか？　出会ったときのように、気さくな言葉で話しかけてほしい」

「陛下、それは……」

「頼む」

あろうことか、陛下はわたくしに頭を下げたのだ。オーストリア帝国の頂点に立つ皇帝が、小娘相手にしていいものではない。

「陛下、困ります。そのようなことをなさるなんて」

「シシィが応じなければ、ずっと、頭を下げたままだ」

きっと、言い出したら聞かないのだろう。皇帝の仮面はどこかその辺に落としてきたのかもしれない。

はー、と深いため息をついたあと、仕方なく呼びかける。

「フランツィ、困るわ、そんなこと」

「シシィ！　ありがとう」

名前を呼んだだけなのに、陛下はぱーっと明るい表情で微笑んだ。久しぶりに、陛下の晴れやかな顔を見た気がする。胸がきゅんと、切なくなった。

「もう少し、ここに滞在するかと思っていたのだが、もう、帰ってしまうのだな」

「ええ。療養するなら、慣れたところが一番だから」

「そうだな」

会話が途切れる。面会はこれくらいでいいだろうか。わたくしはもう、限界だ。これ以上一緒にいたら、離れがたくなってしまう。

「フランツィ、わたくしはそろそろ」

「待ってくれ。まだ、話したいことがある」

「何かしら?」

「いや、たくさんあったはずなのに、君を前にしたら、頭が真っ白になってしまった」

「だったら、思い出したときに、手紙にでも認めたらどう?」

「手紙を、受け取ってくれるのか?」

「あ……そういえば、禁じられていたわね」

「やはり、誰かがシシィに物申していたのだな」

物申したのはゾフィーで、禁じたのは母である。言えるわけがないけれど。

「ごめんなさい、忘れていたわ。手紙は受け取れないと」

「シシィ……文を交わすことすら、許されないのか?」

「フランツィは、これから忙しくなるでしょう? そんな暇なんて、きっとないわ」

「どんなに忙しくても、君からの手紙を読むときが、私は一番幸せだった。その幸せを奪われた一年間、私がどんな気持ちで過ごしていたかは、シシィには理解できないのだろうな」

「ええ、そうね。一生、理解なんてできないかと」

優しい言葉をかけるなんて、無責任なことはできない。わたくしはここで、陛下ときっちりお別れをしなければならないのだ。

「シシィ、最後に、君の願いを、叶えさせてくれ」

「願い？」

「そうだ。ハンガリー産の馬がほしいとか、一生分のスミレの砂糖菓子がほしいとか、世界一周旅行に行きたいとか、なんでもいい」

「なんでも……？」

暗殺から守ってくれた功労に対する、返礼らしい。陛下は本当に、律儀な男である。

願いは、さほど考えなくても出てきた。陛下をまっすぐ見て、伝える。

「フランツィが幸せな結婚をしてくれることを、願うわ」

「え？」

「わたくしのことは、どうか忘れて」

「シシィ……君は、なんて残酷な願いを、口にするのだ」

「だって、なんでも叶えてくれると、言ったでしょう？」

ピリッと、空気が震える。陛下がわたくしを睨んでいるからだ。息苦しくなって、わたくしは立ち上がる。早く、ここから去らなければ。

「あの、お話しすることはもうないから、わたくしはここで」

早足でこの場を去る。ドアノブに手を伸ばした瞬間、思いがけない事態になった。いつの間にか接近していた陛下がわたくしの背後に立ち、ドアノブを握って廊下に出ることを妨害したのだ。さらに空いている手を扉に突き、わたくしを陛下の胸に閉じ込めるような体勢となってしまった。

いったいどうして、このような事態になってしまったのか。まだ、向き合っていないだけ、マシだと思うけれど。

「な、なんなの？」

「引き留めようと思ったら、こうなった。君はまだ十四歳だ。私が触れるわけにはいかない」

「ええ、そうですか。それで、何をお話しになりたいの？」

「最初に言った願いは、聞き入れた」

「え？」

「私が、幸せな結婚をする、ということだ」

「あ、そ、そう」

もう、わたくしに結婚を迫ることはないと言いたいのだろう。

「けれど、二つ目の願いである、シシィを忘れることは、聞き入れられない」

「どうして?」

「言っただろう。叶える願いは一つだけだと」

そうだった。願いは二つも叶えてもらえないのだ。

「君は、私の幸せな結婚を、願ってくれた。だから、一生かけて、叶えようと思っている」

「ええ、約束ね」

これで、もう大丈夫。陛下は、一回目の人生とは違う道を歩むだろう。

わたくしは、これから何をしようか。とりあえず、ルートヴィヒを孤独にしてはいけない。ポッセンホーフェン城館で、友達をたくさん作ってもらわなければ。彼はまだ六歳だ。根を詰めて勉強をさせる年齢ではない。

「最後に少しだけ、話を……」

「え?」

背後にいる陛下が、ぐっと接近してくる。ドキンと、胸が跳ねた。

熱い吐息が耳にかかり、全身の肌が粟立つ。

「初めて出会った日、君が木から落ちてきた様子は、天使が降り立ったようだと思った」

出会いの記憶を情緒たっぷりに語ってくれたが、実際は木から飛び降りたわたくしを陛下がスライディングキャッチしただけの話である。

決して、絵画にできそうな光景ではなかった。陛下が語ると、宗教画みたいな美しく儚いイメージになるけれど。

「ただ、天使は辛辣で、私が耳にしたくない指摘を、次々としてくれた」

「ごめんなさい。あのときのわたくしは、子どもだったのよ」

「いいや、大人びていると思っていた」

言いたいことを言ったあと、王宮に戻ったわたくしと陛下は、ゾフィーにたっぷり絞られる。全身泥だらけだったからだ。

「あのとき、世界一愛らしい共犯者を守れたことは、誇りに思っているよ」

「おかげさまで、乗馬を楽しむことができたわ」

話はこれで終わりと思いきや、続くようだ。わたくしを胸に閉じ込めたまま、陛下は語る。

「時が経つにつれて、シシィが言っていたことの意味に、気づくようになった。私は、革命を軽んじていた。このまま民族間の問題を無視し、絶対王政を続けていたら、ハプスブルク家が守り続けたオーストリア帝国は崩壊してしまう。私はオーストリア帝国の政治を根源から変えなければいけないと、考えている。ただ、一族の存亡を回避するために、共和制を取るつもりはない」

共和制にせずに国を変えてみせると、陛下はわたくしの耳元で囁いた。

「国民の自由と権利を尊重しながらも、ハプスブルク家が政治的権限を持つ国家を目指す」

「国民は、君主制に納得するかしら?」

「仮に、皇帝の統治に不安を感じた場合、君主制の存廃を国民投票で決める法律も定めるつもりだ」

それに加えて戦争を避け、平和な国作りを行うことを約束してくれた。

「これで、ハプスブルク王朝の崩壊は、防げるだろうか?」

「わからないわ。わたくしは、世界を統べる神ではないもの」

「そうか。シシィは天使だったな」

「どうしてそうなるのよ」

陛下はドアノブから手を離し、わたくしを自由にしてくれた。

「フランツィ。これから大変だろうけれど、暗殺者にだけは気をつけてね」

「こういうときは、シンプルに息災を、と声をかけるのではないか?」

だって、フランツィは八十六歳まで生きたもの。健康面は何も心配はない。それよりも一週間前の暗殺未遂事件のように、絶対王政を推し進める貴族に命を狙われることを警戒すべきだろう。

「心配するな。もう、市井を歩き回ったりはしない。シシィのスミレの砂糖菓子を買いに行けなくなるのは、残念だがな」

「だったら、ミュンヘンにもデーメルの支店を作ってくださらない？　あ、ゲルストナーもほしいわ」

「今度、店主と話をしておこう」

ようやく陛下の顔を見て、笑うことができた。

もう、わたくしも、陛下も大丈夫だ。これから、別々の人生を歩んで行ける。

「今度こそ、本当にお別れね」

「名残惜しいがな」

「では、フランツィ。平和な治世を、祈っておりますわ。それでは、ごきげんよう」

ドレスを摘まみ、淑女の挨拶をして別れる。なるべく陛下の顔は見ないように、踵を返した。

速歩で部屋まで戻り、布団に身を埋めた瞬間、涙が溢れてしまう。

陛下とわたくしは、一緒にいないほうがいい。これでよかったのだと、何度も言い聞かせた。

翌日、ヴィッテルスバッハ家一行を乗せた馬車はウィーンを離れ、三日かけてミュンヘンの地へと帰ってきた。

第四章 ついに決意するエリザベート

湖と森に囲まれた、のどかなポッセンホーフェン城館に戻ってきた。

太陽の光を浴びてキラキラ輝く湖に、鳥のさえずりが聞こえる美しい森を眺めていると、ようやく帰ってきたのだと実感する。

洗練されたウィーンの街よりも、自然豊かなこの地がわたくしにはお似合いだ。驚くほど、心が落ち着く。

ルートヴィヒは移動中にガッケルと打ち解けたようで、仲良く遊んでいる。他の弟妹も加わり、実に楽しそうだ。仲を取り持ってやらなければと考えていたが、杞憂だったようである。

ぼんやり庭を眺めていたら、ヘレーネが隣に立つ。

「シシィ、好きなだけおいしいものを食べて、休んで、遊べばいいわ」

「遊ぶって、お姉様、わたくし、そんな年齢ではないわ」

「まだまだ子どもよ。久しぶりに、庭のブランコに行きましょう。去年、お父様が作りなおしたのよ」

「まあ、そうだったの？」

庭にある大きなオークの木に、父が初めてブランコを作ったのはガッケルが生まれた年だったか。子どもたちみんなで使っていたので、一年に一回は壊れていた。

「また、ガッケルが壊したの？」

「いいえ、お兄様が久しぶりに乗ったら、壊れてしまったの」

「まあ！」

六つ年上の兄ルートヴィヒ・ヴィルヘルムは、すでに立派な大人だ。それなのに、ブランコに乗って壊してしまったなんて。おかしくて、腹を抱えて笑ってしまう。

「それでね、お父様が、牛が乗っても壊れないブランコを作ったのよ」

「どんなブランコよ」

ヘレーネと二人で、父力作のブランコに乗った。久しぶりに心地よい風を感じて、わたくしはたしかに生きているのだと、実感したのだった。

陛下の暗殺未遂事件から一年後――オーストリア帝国の絶対王政廃止案のニュースが報道される。どうやら周囲の反対を押し切って陛下が発表したようで、政府は混乱の最中にあるらしい。

。✲。。✲。。✲。。


新聞を見た父が、とんでもない発言を口にする。

「おやおや、皇帝フランツ・ヨーゼフは、シシィに振られて自棄になったのか？」

「お父様、そんなわけないでしょう？　今、オーストリア帝国は厳しい情勢にあるの。革命も各地で起きている。民族間の問題を解消する上で、絶対王政のままでいることは、とっても難しいのよ」

「シシィ、お父様に複雑な話をしないでおくれ。頭が沸騰しそうだ」

「別に、複雑な話はしてないわ」

おどける父を前に、苛立ってしまう。わたくしは知っているのだ。父が馬鹿なふりをしていることに。書斎には歴史書や哲学書などの小難しい本が詰まっている。すべて、父の蔵書だ。

本のラインナップから、父が君主制を否定していることはお見通しなのである。

「お父様、もっと真面目に話を聞いてくれる？」

「すまないね、シシィ。お父様は、あまり賢くないんだ……」

わたくしと父を傍観していた母が、頭を抱え込んで嘆く。

「ああ、ああ。シシィに帝王学まがいのことをさせるものだから、ゾフィーお姉様のように頭でっかちになってしまったわ。このままでは、嫁ぎ先なんて見つからないわよ。あなた、どうしてくれるの？」

「ルドヴィーカ、何を言っているんだ。シシィは賢くても、こんなに愛らしいぞ！」

父がわたくしに頬ずりしてくる。髭（ひげ）がジャリジャリしていて痛かったけれど、我慢してあげた。

「シシィ、可哀想で気の毒な皇帝フランツ・ヨーゼフに、手紙でも書いてあげたらどうだい？」

「嫌よ」

「なぜ？」

「従兄（いとこ）といっても、身分が違いすぎるわ。今は、遠い存在なの」

「シシィは冷たいな」

「冷たくて結構！」

父は何も考えずに、いろいろ提案してくるのだ。もういい年なのだから、自分の行動した先に何が起こるかというのを考えながら生きてほしい。

「しかし、子どもたちの結婚問題は頭が痛むな」

家を継ぐはずだった兄ルートヴィヒ・ヴィルヘルムは、女優と交際し結婚したいと訴えているらしい。いくら自由思想な父でも、賛成はできなかったようだ。まあ、一回目の人生では、結局結婚を許してしまったのだけれど。

もちろん、バイエルン公爵家の相続権は手放し、ガッケルに譲っている。

「ヘレーネはどこの家に嫁がせたらいいのかしら。ハプスブルク家の皇妃にと望んでいたのに、どうしてこうなったのよ」

「ルドヴィーカ、仕方がないさ。皇帝フランツ・ヨーゼフは、シシィにぞっこんで、シシィは皇妃になる気なんかさらさらないんだから」

「ああ、もう！　なんでこうも、上手くいかないのかしら」

「それが人生さ」

父が発言した通り、それが人生と思うしかない。結婚は幸せの象徴とされているけれど、仲睦（なかむつ）まじく幸福に満ちた生活をしているとは限らないのだ。

目の前の両親は今日は珍しく、二人でお茶なんか飲んでいる。けれど夫婦仲は良好とはいえず、互いに愛人を持って自由に暮らしている。

「結婚とは、なんなのかしら？」

両親に問いかけてみると、すぐに答えが返ってきた。

「シシィ、結婚は、人生においての大きな試練だよ。責任と親戚が増えるだけ増えて、得することなんて欠片もない。回避できるならば、したほうがいい。煉獄(れんごく)の中に放り込まれるよりも辛い」

「お父様……」

「ああ、シシィという愛らしい娘に出会えたのは、唯一の奇跡のようなことではあるがね」

父の結婚についての概念を、母は呆れた表情で聞いていた。

「お母様は、結婚について、どうお考えなの？」

「無よ」

「無？」

「そう。他人と家族になって、子どもが生まれて、一見して幸せの象徴のように思えるけれど、ただただ、妻として、母として、決められた人生を歩んでいると、いつの間にか自分を見失ってしまうの。気づいたときには、私という存在はすり切れてしまって、いつか無になっているのよ。結婚とは、そういうもの」

なんというか、二人とも、実にヴィッテルスバッハ家の者に相応しい回答をしてくれる。普通、十五の子どもに、結婚の生々しい概念を語らないだろう。我が両親ながら、呆れてしまった。

「なるほどな。ルドヴィーカ、だから君は、恋をするんだね。自分を、取り戻すために」

「ええ、そうよ」

誰に恋をしているかは、語らなかった。一応、その辺の分別はあるようで、ホッと安堵した。

「シシィは、どんな人と婚姻を結びたい？」

「お父様とお母様の話を聞いたら、結婚する気はきれいさっぱり消えたわ」

「それは参ったな」

「結婚は最高に幸せだと、嘘を言えばよかったわね」

この自由奔放な両親のもとに生まれて、ハプスブルク家で上手くやっていけるわけがなかったのだ。

「シシィはルートヴィヒ殿下との婚約も、断ってしまったのだろう？」

「ええ。いったい、いくつ年が離れていると思うの？ルーイの結婚相手は、同じ年くらいの、心優しい女性がいいわ」

「そうだね」

父から他の人にも、結婚についての話を聞いてくるといいと言われる。

「ただし、女優と結婚したいと望んでいるルートヴィヒ・ヴィルヘルムの言うことは、聞かなくてもいいからね」

「お兄様は、勘当中でここには入れないのでしょう」

早く仲直りをするように言ってから、部屋を辞す。

庭先でお茶を飲んでいたヘレーネに、結婚について質問をぶつけてみた。

「ねえ、お姉様。お姉様にとっての結婚って、どんなイメージ？」

「そうね。永久就職先、かしら？」

「就職……」

また、個性的な意見が飛び出てきた。詳しい話を聞いてみる。

「政略結婚は、お仕事だと思っているわ。そこに、幸せとか満たされる気持ちを期待してはいけないの」

ようやく、結婚についてのまともな意見を聞けたような気がする。さすが、ヘレーネ。陛下のお見合い相手に選ばれるだけある。

「お姉様がオーストリア帝国の皇妃だったらよかったのに」

国の情勢も変わりつつある。今のハプスブルク家だったら、王朝は崩壊なんてしないのかもしれない。

「お姉様を選ばないなんて、陛下はどうかしているわ」

「でも、私はそれでよかったと、思っているの」

「どうして？」

「私は、陛下に恋をしていたの。一度恋が破れて、結婚に対しての考えも、改めることができたから。もしも、恋した状態で嫁いでいたら、結婚生活に耐えられなかったかもしれない」

「お姉様……」

「今は、政略結婚をする覚悟ができているの。どこでだって、無難にこなしてみせるわ」

無難という心意気に、笑ってしまう。真面目なヘレーネが言うから、面白いのだけれど。

「シシィ、笑わないで。私は真剣なのよ」

「ごめんなさい、お姉様。なんだか、おかしくて」

けれど、それくらい肩の力を抜くのもいいのかもしれない。人生は長い。嫁ぎ先で完璧に振る舞おうと意気込んでいたら、疲れてしまうだろう。

「そうね。結婚生活なんて、無難なものよね。みんな理想が高いから、ガッカリしてしまうのよ」

貴族の娘は政略結婚の道具だ、なんて話を聞いて酷いと憤る人もいる。

けれど、それが貴族の娘として生まれた女性の宿命なのだ。

「政略結婚に拒絶反応を示す人もいるらしいけれど、平民の暮らしを知らないから、そんなことを言えるのよね」

「ええ、そうよ。シシィ、私たちは貴族で、生まれたときから恵まれた環境の中にいる。美しいドレスを与えられ、おいしい食事とお菓子を毎日食べて、望めば教養を身につけられる」

一方、平民生まれの者たちは、あくせく働き、時にボロボロの服を着て、満足に食事を食べられない日もある。望んでも、勉強をできない人だっているのだ。

ヘレーネは達観したように言う。

「平民は生きることが人生の試練で、貴族は結婚が試練なのよ」

「お姉様のおっしゃる通りね」

「でも、いつか貴族制度も崩壊すると思うわ。私たちは、氷が薄く張った湖の上に立っているような状態なのよ」

ヘレーネは本当にすごい。まだ十七歳なのに、貴族が今どういう状況にあるのかきちんと把握している。

「だからね、シシィ。オーストリア帝国の皇帝陛下の新しい政策は、ハプスブルク家だけでなく、国内の貴族も守ることになると思うわ」

「でしょうね。でも、陛下がしようとしていることに、気づいていない貴族も多いわ」

「ええ。きっと、窮地に立っていると思うの」

陛下はゾフィーを説き伏せ、新しい政策へ向かうために舵（かじ）を切った。けれど、納得していない者も数多くいる。絶対王政であるべきだと、主張する一派が過激な行動に出ることもあるようだ。

「皇帝陛下には力強い味方が、必要なのよ」

「難しい問題ね」

「ええ。とっても難しい問題だわ。だってシシィは、こうと決めたら、絶対に意見を変えないもの」

「お姉様、なぜ急にわたくしの話になるの？」

「あら、気づいていなかったの？　皇帝陛下の強力な味方に、シシィ以外の人がいて？」

「なっ！」

わたくしは、強力な味方でもなんでもない。バイエルン王家の傍系出身で、身分は公女。直系の姫君ですらないのだ。

「どこが強力な味方なのよ。周囲の人たちは、わたくしをプリンセスと呼んでいて、たまに自分でも姫だと名乗るけれど、実際は本物のプリンセスではないわ」

「でも、バイエルン王家直系のプリンセスはいないでしょう？　その辺は、バイエルン王がなんとか取り計らうわ」

ヘレーネの言う通り、一回目の人生では、傍系の姫君でもオーストリア帝国の皇帝と結婚できたのだ。本当に、バイエルン王やゾフィーがなんとかしてくれたのだろう。

「シシィはこれから世界で起こる事件を把握しているのでしょう？ 堂々としているし、皇帝陛下をお助けできる知識もある。もしものときは、皇帝陛下をお守りする度胸も。シシィ以上に、強力な味方はいないと思うの」

「そんなことを言われても」

「ねえ、シシィ。シシィは、一回目の人生のシシィとは違うのでしょう？ シシィだけではなくて、オーストリア帝国や皇帝陛下も、変わってきているんじゃない？」

「それは……」

たしかに、一回目の人生とは、何もかも変わってきている。陛下だって、周囲の声を聞き入れない、絶対王政を推し進める頑固な皇帝ではない。ゾフィーも、態度は軟化しつつある。

わたくしだって、お父様が大好きで、乗馬が趣味のお転婆公女ではなくなった。

「大丈夫よ、シシィ。シシィが皇帝陛下を支えたら、ハプスブルク王朝は滅びない。もう、あなたが体験した酷い悲劇は何も起こらないのよ」

「お姉様、でも、わたくしは、不安なの。大きな事件は変えられないから。また、一回目の人生のように、大切な人たちが次々と死んでしまうことを思うと……」

「皇帝陛下にも、教えて差し上げたらいかがかしら？ 知っているのと知らないのとでは、対応も大きく変わっていくはずよ」

「……」

そういえば数年前、陛下も悪夢を見たと話していた。内容はわたくしが一回目の人生で経験した、ハプスブルク家の者たちの『今際の時』を映し出したもの。

陛下自身、半信半疑といった様子だった。もう数年前の話なので、忘れているのかもしれない。

「信じていただけるかしら？」

「私は、信じているわよ」

「お姉様は、純粋で心がきれいだからよ」

「あら、皇帝陛下もきっと、純粋で心がきれいな人だと思うわ」

「どうして？」

「シシィを愛しているから。あなたのことを好きになる人は、みんなそうなのよ。明るくて、可愛くて、天使のようなシシィ。あなたは、世界一、愛らしいわ」

ヘレーネの言葉が、わたくしの凍った心を溶かす。それは、涙となって眦から溢れてきた。

「ねえ、シシィ。結婚式当日に、夫婦となった二人は誓い合うでしょう？　病めるときも、健やかなるときも、苦しみや悲しみ、喜びに幸せ、すべてを分かち合う、と。一回目の人生のシシィは、それができていなかったのでしょう？　二回目の人生は、誓いを果たせば幸せになれるのよ。きっと、神様は、シシィに皇帝陛下との結婚をやりなおしてほしくて、チャンスを与えたのだと思っているわ。ねえ、シシィ。生まれ変わった意味を、もう一度、考えてごらんなさいな」

「わたくしが、生まれ変わった意味？」

ハプスブルク王朝の崩壊はわたくしのせいではないと叫んだから、罰として同じ人生をやりなおすはめになったのだと思っていたが……。

「陛下のこと、お慕いしているのでしょう？」

「え⁉」

「隠しても無駄よ。シシィの嘘は、すぐにわかるんだから。わからないのなんて、皇帝陛下くらいよ」

カーッと、頬が熱くなっていくのを感じる。まさか、ヘレーネにバレていたなんて。わたくしの「陛下と結婚はいたしません」という主張は、ずっと痩せ我慢に見えていたに違いない。

「シシィ、素直になって。やりなおすのよ」

「でも……」

「迷っているのならば、皇帝陛下とお話をしてみたら？」

「そんな機会なんて、ないわ」

「あるのよ、実は」

「え⁉」

「一ヶ月後に、皇帝陛下がバート・イシュルに数日滞在なさるの。そこに、ヴィッテルスバッハ家も招待されているのよ」

そうだった。いろいろあって、忘れていた。

バート・イシュル――温泉街として、またハプスブルク家の保養地としても有名な場所である。

そして、かつての陛下がわたくしを見初めた土地でもあった。バート・イシュルに行かなければよかったと、一回目の人生で思ったことは一度や二度ではない。

「でもどうして、そこに招待されたの？　お見合いをするわけではないでしょう？」

「ええ。今回はお見合いではなく、純粋に親戚同士、交流しましょうと、皇帝陛下から直々にお声がかかったみたい」

「ふうん、そうなの」

「バイエルン王家だけでなく、周辺諸国の王族が、バート・イシュルに集まるのですって」

「待って。わたくし、そのお話はまだ聞いていないのだけれど」

「私も今朝（けさ）方、お父様から聞いたのよ。お母様にもおっしゃっていないそうよ」

「どうしてお姉様に話したのかしら？」

「心配してくれたのよ。バート・イシュルに王族が集まる催しがあるから、お母様がわたくしの結婚相手探しに躍起(やっき)になるだろうって。気の毒だけれど、暴走は止められないから、と」

「ああ、なるほど」

母はヘレーネの結婚相手を、血眼になって探している。ヘレーネだけではない。十五歳の誕生日を迎えたわたくしも、無関係というわけにはいかない。きっと、行く先々で商品を売りつける商人のように、わたくしやヘレーネを紹介して回るだろう。

「お父様は、シシィは行かないだろうって、おっしゃっていたわ。でも、行くでしょう？」

「それは――」

「皇帝陛下とお話しできる、最後のチャンスよ」

「ええ」

仮に陛下が結婚されたら、二人きりで話す機会なんて二度と訪れないだろう。ヘレーネの言う通り、最後のチャンスだ。

「わかったわ。わたくし、もう一度陛下とお話ししてみる。一回目の人生のことも、お伝えしてみるわ」

もしも陛下が信じなくても、わたくしの中の気持ちに整理がつくかもしれない。

そんなわけで、わたくしはバート・イシュル行きを決意した。


。✲。。✲。。✲。。


オーストリアの東部に位置するバート・イシュルは、岩塩と温泉で栄えた街らしい。

その昔、ゾフィーがこの町で療養し懐妊したことから、陛下は『塩の王子』と呼ばれていたのだとか。

ザルツカンマーグートの美しい山や湖の風景を眺めていたら、バート・イシュルの街が見えてくる。

豊かな山々に囲まれた街はのどかで、ゆったりとした時間が過ぎているような気がした。

「ガッケル、見て、大きな川があるよ！」

はしゃいでいるのは、ルートヴィヒだ。一年経ち、すっかり家族の中に溶け込んでいる。

ガッケルとは仲良しで、本当の兄のように慕っているように見えた。

「本当だ。ルーイ、あとで泳いでみようか！」

「ええっ、大丈夫なの？」

「男なら、川に豪快に飛び込まないと」

危ない遊びをしようとしていたので、一言物申す。

「ガッケル、川遊びは危険よ。温泉に浸かりなさい。温泉に」

「なんでこんな暑い日に、温泉に入るんだよ」

「健康のためよ」

ガッケルは唇を尖らせ、不満そうにしている。相変わらず、ガッケルはやんちゃな子だ。

その隣で、ルートヴィヒは淡く微笑んでいた。

ルートヴィヒはのびのび成長し、背もぐっと伸びた。まだ子どもなのに、品のある王太子のオーラを纏っている。出会った頃に比べて、随分と顔色もよくなったし、性格も明るくなった。友達も増えたし、一人で絵本の世界に没頭することもなくなっていた。

このまま過ごしていたら、孤独な王になんてならない。絶対に。

「シシィ、ぼーっとしていないで、行くわよ」

「はーい、お母様」

ハプスブルク家の別荘まで、歩いて行く。

一回目の人生では、久しぶりの遠出にはしゃいでいたような気がする。

皇帝フランツ・ヨーゼフに求婚されることなど想像もしていなかったわたくしは、一人無邪気なものだった。

今のわたくしは、とてもドキドキしている。

もう、陛下は結婚相手を決めているかもしれない。わたくしなんて、眼中にない可能性もある。

それでも、最後にお話ししたい。一回目の人生で経験したハプスブルク家の悲劇について、伝えなければ。

一応、陛下との面会の約束を、父を通して取りつけてもらうように頼んである。

驚くべきことに、父はゾフィーが待つ別荘にまっすぐ歩いていた。以前は腹痛を訴え、接近すらしなかったのに。父も、一回目の人生とは異なる行動を見せている。運命の軸が、どんどんズレていっているのだろう。

木々に囲まれた小道を進んでいくと、大きな建物が見えてくる。皇帝一家の別荘『カイザーヴィラ』だ。

一歩、建物の中へと足を踏み入れると、皇帝一家が出迎えてくれた。

一年ぶりの陛下は、さらに美貌を際立たせていた。金色の髪も、淡い灰色の瞳も、キラキラと輝いている。眩しいと感じるほどだ。

「よくぞ、ここまで来てくれた」

陛下が父と握手を交わす。初めて見る光景だ。続けて父は、ゾフィーにも挨拶をする。

意外にも、穏やかな空気の中で言葉を交わしていた。

「あ、カール・ルートヴィヒ殿下！」

「ガッケル、一年ぶりだな！」

陛下の四つ年下の弟カール・ルートヴィヒ殿下と、ガッケルが一年ぶりの再会を果たす。

背後に佇(たたず)むのは、陛下の三つ年下の弟マクシミリアン殿下だ。

懐かしさに、胸が熱くなる。

一瞬、焼けるような視線を感じた。振り返ると、陛下と目が合った。しかし、すぐに逸らされてしまう。

陛下は、わたくしを見ていた？　どうして？

何か、気になることでもあるのだろうか。面会のときに、話を聞かなければ。

ゲストルームに案内され、おいしいコーヒーとお菓子を囲んだ。

珍しく、父は陛下と会話が弾んでいるようだ。新しい政策について、熱心な様子で語り合っている。やっぱり、父はわたくしの前で馬鹿なふりをしていたのだ。

母とヘレーネは、マクシミリアン殿下と楽しそうにお喋りしていた。

明るく、人懐っこいマクシミリアン殿下は、相変わらず人好きする人物のようだ。

他の弟妹は、カール・ルートヴィヒ殿下の話す冒険譚に夢中になっている。外交官と共に、各地を旅して回っているらしい。

香り高いコーヒーをかいでいると、幸せな気分に満たされた。

お菓子は、チロル地方の濃厚なチーズを使ったケーキ『トプフェン・トルテ』。底にべリージャムがあって、甘酸っぱい風味が後味に残る最高の一品である。やはり、オーストリアのコーヒーとお菓子は絶品だ。じっくり味わって堪能する。

「エリザベート、おいしいですか？」

「え、ええ、とっても」

なぜかゾフィーはわたくしの前に座り、威圧感のある笑顔を向けている。席取りに、失敗してしまったわけである。

「ミュンヘンでは、何をしているのです？」

「花嫁修業は一通り終わったので、経済学を少々、囓(かじ)っています」

「まあ、そうですか！」

ゾフィーはなぜか、嬉しそうに頷いていた。それだけではなく、自分の分のケーキをわたくしにくれたのだ。

「たくさん食べてくださいね」

「ありがとうございます」

ここで、再び鋭い視線を感じた。陛下だ。わたくしが見ると、ふいと顔を逸らす。いったい、なんのつもりでいるのか。謎だ。

ハプスブルク家とのお茶会は一時間ほどで終わり、あとは用意された部屋で各々休む。母やヘレーネと一緒にゆったり過ごしていたら、父がやってきた。

「シシィ、陛下との面会は、明日になった。今夜は、他の王族を迎えるので、忙しいらしい」

「わかったわ」

明日は、カイザーヴィラの大広間で親睦パーティーがある。そのあと、ということなのだろう。

父はヘレーネの隣に腰掛け、葉巻の先端をナイフで削いで火を点ける。先端を吸ってふーと吐き出された白い煙は、少しだけナッツみたいな香ばしい匂いがした。

「いやはや、しかし陛下は、変わられたな」

父の言葉に頷いたのは、母である。

「本当に。まだ二十三歳なのに、威厳と貫禄があって。前に見かけたときは、ゾフィーお姉様のお人形さん、というイメージだったけれど」

陛下は今、ゾフィーの手を借りることなく、自らの意思で国を統治している。もう、『マザコン皇帝』などと呼んではいけないだろう。

「それにしても、皇帝陛下はシシィが気になって仕方がない様子だったな」

「やっぱり、わたくしを見ていましたのね」

「未練たらたらだ」

「そうとも限らないわ。新しい政策について、感想を聞きたいだけなのかもしれないし」

「シシィと政治の話を？　二人きりで？　ありえないだろう」

「わたくしと陛下は、政治の話をするのよ。お父様と一緒にしないで」

若干気まずい雰囲気になったが、母が咳払い(せきばら)して場の空気を戻す。

「まあ、何はともあれ。明日はさまざまな国の王族がいらっしゃるから、ご挨拶だけはきちんとなさいね」

母の言葉にヘレーネは「はい」と返し、わたくしは「うげっ」と言ってしまった。

「シシィ！　なんなの、その返事は？」

「だって、まだ結婚は早いと思って」

「早くなんかないわ。立派に適齢期よ。シシィは、皇帝陛下のお気に入りとして、紹介しようと思っているの」

「お母様……勝手にそんな売り文句をつけてもいいの？」

「いいのよ。言ったもん勝ちよ！」

想定していた以上に、母は今回のパーティーでわたくしとヘレーネの結婚相手を探すことに張り切っている。

父は呆れた表情で母を見ていた。そういう顔をするくらいなら、行動を諌め(いさ)ればいいものを。

そんなこんなで、バート・イシュル滞在一日目は終わった。

翌朝、早く目覚めた。カーテンを脇に避けると、日の出が始まったばかりという明るさだ。窓を開けたら、少しだけひんやりとした風が流れ込む。

この時間帯に散歩をしたら、さぞかし気持ちがいいだろう。

侍女が起きてくるまで待てないので、勝手に身支度をする。顔を洗って、歯を磨き、髪はオイルを揉み込んでから丁寧に梳る。旅行鞄からクロームイエローのモーニングドレスを引っ張り出し、なんとか一人で着てみる。

髪の毛は胸の前に垂らし、三つ編みにした。誕生日にルートヴィヒがくれたベルベットのリボンで結んだら完成である。

一応、何があるかわからないので傘を手に持ち、外に飛び出した。

昼間は暑くてたまらないのだが、朝は少し寒いくらいだ。空気が澄んでいて、とても気持ちがいい。

少々距離があるけれど、川でも見に行こうか。そんなことを考えていたら、突然背後から声をかけられる。

「おや、こんなところに可憐な妖精がいたと思ったら、バイエルン王家のプリンセスではありませんか」

流れるように、詩的な言葉で話しかけてくる。振り返った先にいたのは、陛下の弟マクシミリアン殿下だった。

「あら、奇遇ですわね」

「ええ。まさか、こんなところでお会いできるとは。お一人ですか？」

「ええ。あなたも？」

「一人です」

互いに供も連れず、朝から散歩していた。こっそり出かけて、見つかる前に帰ればいいと、わたくしと同じことを考えて出てきたようだ。

こんな偶然、初めてだ。なんだか、笑ってしまう。

一回目の人生でのマクシミリアン殿下との思い出は、あまり多くない。

政治に関して自由な思想を持っていて、陛下とはよく意見の食い違いを生じさせていた。皇帝である兄へのコンプレックスもあったのだろう。マクシミリアン殿下はフランスの打診を受け、メキシコ皇帝として即位した。

彼なりにメキシコをいい国へ導こうとしていたが、当時のメキシコの情勢は最悪だった。君主制の反対を掲げる共和派との争いにアメリカが介入した結果、フランスがメキシコ撤退を勝手に決めてしまったのだ。

孤立無援となったマクシミリアン殿下は、処刑されてしまう。

命乞いをすることなく、ハプスブルク家の繁栄を願って潔く命を散らせたという話も聞いた。

もう二度と、彼をメキシコ皇帝に即位させるような人生を送らせてはいけない。

「マクシミリアン殿下、少し、ご一緒しても？」

「もちろん」

まだ太陽が昇りきっていない、朝焼けの道をマクシミリアン殿下と二人で歩いて行く。

カール・ルートヴィヒ殿下が氷菓子を食べすぎてお腹を壊した話とか、ガッケルが湖に落ちた話とか、なんてことのない会話で盛り上がる。

「ふふ、おかしい。こんなに笑ったの、久しぶりですわ」

「僕もです。ヴィッテルスバッハ家は、とても楽しい人ばかりで」

「楽しいのは、わたくし以外の人たちですわね」

「いいや、あなたもですよ」

「心外ですわ」

そう返すと、マクシミリアン殿下は快活に笑っていた。

バート・イシュルの街を横断すると、広い川に出る。散歩の折り返し地点だ。美しい川の流れに、心が浄化されるようだった。

「きれいですね」

「本当に」

もう少し川を眺めていたかったが、ゆっくりもしていられない。そろそろ侍女が起きてくる時間帯だろう。本題へと移る。

「マクシミリアン殿下、最近、大変でしょう？」

「ええ。本当は、ここに来ている場合じゃないくらい、めまぐるしく毎日が過ぎていっているんですよ」

「あなたも、陛下のお仕事のお手伝いをされていますの？」

「もちろん。兄は、僕を信頼し、右腕だと言ってくれたんです」

その言葉には、誇らしさが滲んでいた。どうやら陛下とマクシミリアン殿下は、仲違いせずに力を合わせて同じ道を歩んでいるようだ。

安堵したものの、胸のざわめきは治まらない。心を落ち着かせるために、わたくしはマクシミリアン殿下に訴える。

「わたくしが言うのもおかしな話かもしれませんが――」

「なんでしょう？」

わたくしはマクシミリアン殿下の手を握って懇願する。

「どうか、生涯、陛下の傍を離れず、陛下の進む道を信じ、助けていただきたいなと」

マクシミリアン殿下は、ぎゅっと手を握り返してくれた。言葉はなかったが、「心配はいらない」と言ってくれたような気がした。

眦が熱くなり、手が離されたのと同時に背を向けてしまう。

「マクシミリアン殿下、もう、帰りましょう」

「そうですね。それがいい」

足早に、カイザーヴィラへと戻った。

「それでは、エリザベート姫、今夜のパーティーで」

「ええ」

「よかったら、あとでお茶でも――おっと！」

「どうかなさって？」

「いえ、二階の窓から、怖い顔をした誰かが見下ろしていたので」

「まあ！　もしかして、ゾフィー様？」

「いや、母上ではないですよ」

「わたくしの母かしら？　恐ろしい……。早く帰りましょう」

「そのほうがいい」

マクシミリアン殿下と別れ、こっそり部屋に戻る。が、怒りの形相の母が待っていて、こってり絞られてしまった。

マクシミリアン殿下が見かけた怖い顔をした誰かは、やはり母だったようだ。

悪いことはすべきでない。身をもって、痛感してしまった。


パーティーが始まるまで、謹慎を命じられる。気の毒に思ったルートヴィヒが、わたくしの部屋にやってきてチェスの相手をしてくれた。

「シシィはさ、ルドヴィーカ叔母上を怒らせる天才だよね」

「ある意味才能だと、自分でも感じているわ」

毎晩父にチェスの勝負を挑んでいるルートヴィヒは、七歳児にしてはなかなか強い。いい勝負をしてくれる。

「シシィは今日、パーティーで皇帝とダンスを踊るの？」

「わたくしは踊らないわよ。陛下と踊るのは、花嫁候補の女性だから」

「そうなんだ」

各国から、結婚適齢期の姫君が集まってきている。陛下がダンスの相手に選んだ女性は、もれなく花嫁候補となる特典がついてくるのだ。

「お母様の話では、今晩で二、三名に絞ると言っていたわ」

「もしも、ダンスを申し込まれたら、シシィはどうするの？」

「さあ？　今は考えたくもない」

ひとまず今晩陛下とお話しして、気持ちに整理をつけたい。きっと、すぐに楽になれるだろう。

「シシィ」

「何よ?」

「チェックメイト」

「あっ! や、やられた!」

負けて悔しいので、もう一回と勝負を申し込む。けれど、いろいろ考えてしまうからか、ルートヴィヒに勝つことはできなかった。

夕方に差しかかり、パーティーに参加するための身支度が始まった。

ヘレーネは薔薇色の美しいドレスを纏っていた。なんでも、ウィーンの街で流行っているお店からわざわざ取り寄せたらしい。

ヘレーネの美しさが際立つ華やかなドレスだった。

一方で、わたくしのドレスはスミレ色のスカートがふわふわと膨らんだ可愛らしい一着である。

薄暗いシャンデリアの下でもきれいに見えるよう、化粧は濃い目に施された。明るいところで見たら化け物のようだが、シャンデリアの下だとちょうどいいらしい。

「お嬢様、胸元にこの真珠の粉をまぶせば、胸のまろやかさが強調されて、男性の視線を独り占めできますのよ」

「いや、そんなのまぶさなくても、いいから」

「遠慮なさらず」

本物の真珠の粉末ではないだろう。謎の粉を、開いた胸元に塗り込んでくれた。いったい誰に、胸元をアピールするのか。本当にありがとうございましたと言いたい。

二時間ほどで、解放される。同じ時間に始めたヘレーネはまだ終わらないらしい。結婚相手探しの大本命はヘレーネだ。そのため、わたくしよりも身支度に気合が入っているのだろう。

ゲストルームで寛いでいたら、ルートヴィヒとガッケルがやってきた。

「シシィ、きれいだね」

「わあ、シシィ、プリンセスみたいじゃん！」

「ガッケル、わたくしはプリンセスみたいじゃなくて、プリンセスなの」

「そうだった」

パーティーに参加できるのは十五歳以上の男女。ルートヴィヒとガッケルは部屋で待機を命じられている。

「カール・ルートヴィヒ殿下もいないから、つまんない！」

ガッケルのぼやきを聞き、そういえばと思い出す。カール・ルートヴィヒ殿下と話をする機会が、今までなかった。

一回目の人生で彼は、旅行先で生水を飲み、病気に感染して亡くなってしまった。念のため、生水は飲まないよう忠告したい。ダンスでも、誘ってくれるようアピールをしに行こうか。

「シシィ、そろそろ時間じゃない？」

「ああ、そうね」

「行ってらっしゃーい」

「ええ、行ってくるわ」

ちょうど、侍女が迎えにきた。ドキン、ドキンと高鳴る胸と共に、会場となる大広間に向かう。

大きな扉の向こうには、着飾った男女の姿があった。

会場を見渡すと、すぐにカール・ルートヴィヒ殿下を発見した。女性のパートナーがいるようには見えない。今がチャンスだろう。

なるべく優雅な足取りで接近する。

「カール・ルートヴィヒ殿下、ごきげんよう」

「やあ、エリザベート姫！」

わたくしを目にした瞬間、カール・ルートヴィヒ殿下は目を細め、頬を淡い赤に染める。

一回目の人生では、インスブルックの街で出会った際、意気投合して文通を始めるほど親しくなった。けれど、二回目の人生では、なぜか彼でなく、当時皇太子だった陛下と出会ってしまったのだ。

心優しく、素直な青年だった。その性格は、変わっていないようである。

「エリザベート姫、どうかしたのかい？」

「あ、えっと」

周囲には、人がいる。ここでは、話せないだろう。もうそろそろ、ダンスが始まる。マナー違反だが、わたくしのほうから誘うしかない。

「カール・ルートヴィヒ殿下、わたくしと、ダンスを踊ってくださらない？」

「えっ⁉」

わかりやすいほど、カール・ルートヴィヒ殿下の顔がカーッと赤くなる。なんだか愛らしくて、微笑んでしまった。

手を差し伸べ、握り返してくれるのを待つ。

「あの、エリザベート姫っ、その、僕でよかっ――」

ぎゅっと、手を握られる。

「うわっ⁉」

めている。


わたくしとカール・ルートヴィヒ殿下は、同時に驚きの声を上げた。

あろうことか、わたくしの手を握ったのは陛下だったから。怖い顔で、わたくしを見つ
めている。

「なっ⁉」

カール・ルートヴィヒ殿下をダンスに誘ったことを、怒っているのだろうか。

手を引こうと思ったが、強い力で握られているのでびくともしない。

「あ、あの、陛下⁉」

「シシィ、こちらへ」

「え？」

ついていった先は、大広間のど真ん中。周囲に誰もおらず、ぎょっとする。

もしかして、ダンスをするつもりなのか？

一曲目のダンスは、パーティーを主催した者のお披露目のダンスである。

その相手を、わたくしに務めさせようというのだ。

「あの、陛下、こんなの、困りますわ」

「なぜ？」

いや、なぜと言われても……。

会場の、羨望の眼差し（まなざ）しがわたくしに突き刺さる。無理もないだろう。

お披露目のダンスのパートナーを務める相手こそ、陛下の筆頭花嫁候補であると主張しているようなものだから。

「ダンスの相手を、一人選ばなければならなかった。傍に、君がいた。それだけだ」

「陛下。このお披露目のダンスが、どれだけ重要か、ご存じでしょう？」

問いかけに答えず、陛下はわたくしの空いている手を摑んでホールドの姿勢を取った。

すると、宮廷楽団の演奏が始まる。

始まりはゆっくりとしたステップだったが、どんどん軽やかなものへと移っていく。

真面目にダンスの授業をこなしていたからか、陛下と息を合わせて踊ることができた。

初めこそ戸惑いの気持ちが大きかったが、いつの間にか、ダンス自体を楽しむわたくしがいた。

ハッと我に返ったのは、ダンスが終わって拍手喝采を浴びた瞬間である。

陛下はわたくしの腰を抱き、元いた場所へ戻っていく。

真っ青な顔をしたカール・ルートヴィヒ殿下と目が合った。

もしかしたら彼も、あとで陛下からお咎めを受けるかもしれない。ダンスを誘ったわたくしは、見せしめの刑となったが、彼はどうなるのだろうか。申し訳ない気持ちでいっぱいになる。

その後も、なぜか陛下はわたくしを逃がしてくれなかった。

腰を抱いたまま、各国の王族と笑顔で会話を交わしている。

脱出しようと思っても、がっちり腰を抱かれているので身じろぐことすら許されない状態だった。

「陛下、あの……」

「シシィ、どうかしたのかい？」

「陛下、その、少し疲れてしまったので……」

「そうか。では、しばし休憩を」

「はい！」

ようやく解放される！　そう思ったのに、陛下はわたくしの腰を抱いたまま、会場をあとにする。

「あ、あの、陛下。わたくし、一人でも大丈夫、ですわ」

「私も休もうと思っていたのだ。ちょうどいい。それに、話があるんだろう？」

そうだった。想定外の事態が発生したので、すっかり忘れていたのだ。

陛下が連れてきてくれたのは、明らかに豪奢なお部屋。きっと、陛下専用の私室なのだろう。

どこからともなく召し使いがやってきて、紅茶を淹れてくれた。テーブルには、サンドイッチやスコーンなどの軽食も用意されている。

「空腹ならば、食事を準備させるが？」

「いえ、結構です」

まだ、陛下のご機嫌は直っていないようだ。眉間には深い皺が寄っている。

わたくしが見つめているのに気づくと、背を向けた。

もしかしたら、花嫁探しが上手くいっていないのも、苛ついている原因なのかもしれない。

「シシィ、君は、私の気を引くために、カール・ルートヴィヒをダンスに誘ったのかい？」

想定外の質問に、一瞬言葉を失う。そんなこと、するわけがない。すぐに否定する。

「違いますわ。わたくしは別に、陛下の気を引くつもりは一切ありませんでした」

「そうか、残念だ」

「え？」

「もしも、私を嫉妬させる目的ならば、世界一愛らしいシシィだと言って、許してあげたのに」

陛下は振り返り、怒りの形相でわたくしに言った。

「シシィは、カール・ルートヴィヒの気を引くために、声をかけたんだね」

「……」

なんと答えていいのか迷う。正解とも、不正解ともいえるからだ。

ダンスで密着しているときに、生水は飲むなと注意したかっただけなのだが、それを今どう説明していいのかわからない。シンプルに気を引くためと言ったほうが、わかりやすいだろう。

「シシィ。君はいったい、何を考えているんだ？」

「何、というのは？」

「朝も、マクシミリアンと散歩に行っていただろう。酷く、楽しそうだった」

「見て、いらしたの？」

「窓を覗き込んだら、偶然笑い合うシシィとマクシミリアンが見えただけだ」

ここで、気づく。朝、マクシミリアン殿下が言っていた「怖い顔をした誰か」は、母ではなく陛下だったのだ。

「弟たちを誘惑して、どちらかと結婚しようという魂胆（こんたん）だな？」

「ち、違いますわ！」

「だったらなぜ、アピールしていたんだ？」

「マクシミリアン殿下は偶然お会いしただけです。カール・ルートヴィヒ殿下には、その、お伝えしたいことがあっただけで」

陛下はツカツカと歩いてきて、わたくしの隣に腰かける。あまりにも近かったので、肌がゾワリと粟立ってしまった。

「シシィ。私は長らく、君を天使だと思っていた。しかし、本当の姿は、私たち兄弟の心をもてあそぶ悪魔だったんだ」

「あ、悪魔ですって⁉」

陛下のほうを見たら、無表情だったのでぎょっとする。

「カール・ルートヴィヒは、君を一目見たときから、気に入っていたようだ。母上に、シシィとの仲を取り持ってくれと懇願していたよ。マクシミリアンだって、君の話をするときに、愛らしい女性だったと楽しそうに話していた。弟たちは、瞬く間に君に夢中になったようだ。これを悪魔の所業と言わずして、なんと言う？」

誰が悪魔だ。そう言い返したいのに、陛下の迫力に圧されて言葉が上手く出てこない。

「君が、私を嫉妬させるつもりで、そういう行動をしているのならばよかった。けれど、そうではないとわかった今――」

陛下の瞳は、火が灯っているように熱い。逸らしたいのに、逸らせなかった。

「シシィ。私は、嫉妬でおかしくなってしまいそうだ」

陛下はわたくしを傍に寄せ、ぎゅっと抱きしめる。

これほど、強い想いをぶつけられるなんて……。

一回目の人生ですら、陛下はこのような愛の熱量をわたくしに向けなかっただろう。

「陛下、違うのです。わたくしは別に、マクシミリアン殿下とカール・ルートヴィヒ殿下の気を引こうなどと、考えては、いないのです」

「ではなぜ、愛嬌を振りまく？」

「お二人の、命にかかわるお話を、しただけです」

「二人の命、だと？」

「ええ。それを今から、お話しします」

陛下の胸を押すと、あっさり離れてくれた。

「今からわたくしがお伝えすることは、信じがたい話かもしれません。以前、陛下はわたくしに、悪夢を見た、とおっしゃっていましたね。覚えていらっしゃいますか？」

「ああ。忘れるはずがない」

陛下が見た悪夢。それは家族が、次々と死んでいく夢だ。最初の犠牲者は、弟マクシミリアン。メキシコ皇帝として即位し、殺された。続いて死んだのは、まだ見ぬ陛下の息子ルドルフ。次に、二番目の弟カール・ルートヴィヒが病死し、妻も無政府主義者に殺されてしまう。皇太子に指名した甥も暗殺され――陛下は、一人寂しく死ぬという内容だ。

「その夢は、もしかしたら未来で起こるかもしれない予知夢ですわ」

はっきり告げると、陛下はヒュッと息を呑んでいた。

「あれは……ただの悪夢だ。悪夢に、決まっている。しかし、見た内容は、あまりにも鮮明すぎた……！」

陛下は頭を抱え込む。ずっと、思い出しては否定していたことなのだろう。

「なぜ、君はそうだと決めつける？」

「陛下の見た悪夢を、わたくしは一回目の人生として、経験しているからです」

陛下は目を見開き、信じがたいと言う視線を向ける。

「それは、本当か？」

声が、震えていた。ありえないことを告げている自覚はある。

「ええ。わたくしは一回目の人生で陛下と結婚し、次々と家族を亡くしました。その後、シェーンブルン宮殿の亡霊として存在し、ハプスブルク王朝の滅亡まで、見届けたのです。そしてなぜか、気づいたときには、子ども時代に時間が巻き戻っていました」

陛下は、ハッと肩を震わせる。何か、思い当たる節でもあったのだろうか。

「ああ……だから君は、堂々としていて、子どもらしくなかったのだな。出会った頃の発言や行動の数々は、十歳そこらの少女のものとは思えない。当時の私は、革命や戦争のせいで、思慮に欠けていた状態だったのだろう。深く、考えていなかった」

眼差しが、喋り方が、態度や仕草まで、十歳の少女のものでなかったと、陛下は言いきる。

「そうだ。君は、遠い未来からやってきた、平和の使者だったのだ」

「信じて、いただけるのですか？」

「信じるも何も、君に対して、長年わずかながら違和感を覚えていたんだ。もしも、二回目の人生を歩んでいるとしたら、君の言動や振る舞いは、すべて納得できる」

陛下の額には、珠の汗が滲んでいた。ハンカチで、そっと拭ってあげる。

「マクシミリアン殿下は、フランスのナポレオン三世に唆され、メキシコ皇帝になりましたが、その地で処刑されてしまいます。ですので今朝、オーストリア帝国の地を離れず、陛下のもとにいるよう、お伝えしたのです。カール・ルートヴィヒ殿下は、旅行先で生水を飲んで病気に感染し、亡くなってしまいます。今日、ダンスを踊っているときに、生水は飲まないよう、お伝えしたかったのです」

「知らずに、私は弟たちを誘惑したと勘違いし、君に、怒りを感じてしまった」

陛下はわたくしの手をそっと握り、頭を下げる。

「大人げない態度を取ってしまい、すまなかった」

「陛下、頭を上げてください。わたくしは、気にしておりませんので」

そう言った瞬間、陛下は顔を上げる。

「気にしていない、だと？」

「え、ええ」

「私は、こんなにも、シシィに懸想しているというのに、君は……！」

　陛下の苦しげな表情を見ていると、胸が切なくなる。なんと応えていいのかわからず、じっと顔を見つめ続けるしかなかった。

「シシィ、わかっているのか？　私は、ダンスのパートナーに君を選んだ。周囲は、花嫁候補は決まったと思い込んでいるだろう。私が君を花嫁にと望んだら、瞬く間に結婚話はまとまる。嫌がる君を王宮に閉じ込め、独り占めすることだってできるんだ」

　ぞくりと、背筋が凍ったような感覚に苛まれる。陛下を、わたくしがここまで追い詰めてしまったのだ。

「あの、陛下、ごめんなさい。わたくしは――」

「いいや、シシィ。謝らないでくれ。わかっているんだ」

「え？」

「私のせいで、君の一回目の人生は、不幸だったんだろう？」

　陛下のせいでわたくしが不幸だったなど、一度も考えたことはない。首を振って、否定する。

「いいえ、逆ですわ。わたくしのせいで、陛下は不幸になったのです」

「不幸なわけあるか。シシィみたいな愛らしい女性を、花嫁にできたのに……！」

　今、この瞬間に気づく。わたくしたちはお互いに、相手を不幸にしてしまったのだと思い込んでいた。

幸せな瞬間も、あったのかもしれない。けれど、それに気づいていなかった。

それぞれ違う方向を向いているのに、満たされた日々を送れるわけがなかったのだ。

「今度こそ、シシィを幸せに、したい。共に、一緒の人生を、歩んでくれないだろうか？」

「陛下、しかし、わたくしと結婚したら、ハプスブルク家はまた、不幸に呑み込まれてしまうのではと、不安で……」

「二度、同じ轍は踏まない。私たちは今、不幸な未来を知っている。そうならないよう、最大限の努力をして、回避すればいい！」

陛下の力強い眼差しと言葉に、心が震えた。

「ずっと、不安だっただろう。怖かっただろう。もう、大丈夫だ。シシィは、一人ではない。今度から、二人で運命に立ち向かおう」

「陛下！」

今ならはっきり言える。

わたくしたちの努力次第で、運命は変えられるのだろう、と。だとしたら、二回目の人生で歩むべき道は、決まっていた。

もう、陛下への気持ちを隠すこともしなくていい。だから、思いの丈を伝えることにした。

「陛下、これからは、陛下と同じ方向を、見ることができると、思うのです」

「シシィ……本当か?」

コクリと頷く。そっと伸ばしてきた陛下の手に、指先を重ねた。

「陛下を、愛しております」

「シシィ、私もだ。君を、心から、愛している」

心の中が、温かいもので満たされる。

ああ、と熱い吐息が零れる。やっと、わたくしたちは幸せになれるのだ。

遠回りして、遠回りして、わたくしと陛下の心は一つになった。

もう、別々の道を歩むことはないだろう。

だって、わたくしたちは同じ方向を向いている。ハプスブルク家の幸せへと。身を寄せ合い、口づけをする。それはどのお菓子よりも、甘いものだった。


。✲。。✲。。✲。。


陛下の胸の中で、幸せなひとときを過ごす。

「一年前の、シシィとの約束を、今、守れたよ」

「一年前……ああ、そういえば、そんなことがありましたわね」

絶対王政を推し進める貴族に、陛下は襲われた。そのとき偶然居合わせたわたくしが、身を挺して陛下をお助けしたのだ。

一年前の話なのに、随分と遠い日の記憶のように思える。

母は疵物になったと嘆いていたが、胸の刺し傷は目立つものではない。

「君は、私の幸せな結婚を望んでくれたね」

「そう、でしたわね」

「私にとって、シシィと結婚することが、一番幸せだと思っていたんだ」

陛下はすぐさまゾフィーに相談し、どうすればわたくしが結婚してくれる気になるのかと話し合っていたらしい。

ゾフィーは、しばらくわたくしを自由にさせておくようにと、陛下を説き伏せていたのだとか。

「シシィ、本当に、私の花嫁になってくれるんだね」

すぐに頷きそうになったが、ちょっと待てよと動きを止める。一回目の人生では、彼に求婚されて舞い上がり、何も考えずに受けてしまった。それが、結婚失敗の原因だろう。

わたくしは、甘い顔をして見つめる陛下を手で制す。

「陛下、お受けする前に、条件がありますの」

「え？」

「すべて叶えてくれるのならば、わたくしは陛下の花嫁になります」

まず、夫婦の問題にゾフィーを介入させないこと。

それから、子育ては自分でしたいということ。

さらに、六十になったら息子に皇位を譲るように、という条件を挙げた。

他にも、いろいろと挙げていく。陛下は真剣な表情で、メモを取っていた。

「あとは——思い出したら、追加しますわ」

「シシィ……」

「それから、わたくしはウィーンの素晴らしいお菓子を毎日食べたいわ。将来、樽みたいな体形になっても、愛してくださる?」

陛下はわたくしを引き寄せ、頬ずりする。

「シシィ、もちろんだよ。私の、花嫁になってくれ」

「嬉しいわ、フランツィ!」

お礼として、頬にキスをしてあげる。

幸せそうに目を細めた微笑みを、とっても愛おしいと思った。

そんなわけで、紆余曲折あったが、結局わたくしは一回目の人生と同じく、陛下と結婚した。

一回目の人生と同じように、一人目の子どもは女の子だった。

「シシィ、名前はどうする？」

ゾフィーが子どもを取り上げ、勝手に命名することはない。だから、今度はわたくしが名づける。

「ねえ、フランツィ。この子は偉大なお義母様から名前をいただいて、ゾフィーという名にしましょう」

「ああ、それがいい」

四人の子どもに恵まれる。一回目の人生のように長女ゾフィーを死なせることは回避したし、長男ルドルフが死ぬ事態も起こらなかった。

マクシミリアン殿下は陛下の右腕を務め、カール・ルートヴィヒ殿下も旅先で生水を飲んで死ぬことはなかった。

バイエルン王として即位したルートヴィヒも、今は国民に愛される立派な国王となっている。

そして——わたくしと陛下は、ルドルフの戴冠式の日を迎えることができた。

王冠を戴くルドルフの姿は、涙で見えない。

こんな幸せな光景は、他にないだろう。

ルドルフは口にする。「ハプスブルク家に栄光を！」と。

ここでようやく、わたくしの肩の荷が下りたような気がした。

陛下とわたくしは、すっかり皺だらけになった手を握り、王宮の庭を歩いて行く。まるで、新婚時代に戻ったようだ。

「シシィ、これから、何をしようか？」

「旅行に出かけましょう。美しい場所を、知っているの。フランツィと一緒に見たいと、ずっと思っていたのよ」

「そうか。楽しみにしておこう」

人生の旅路は、まだまだ続く。

けれど、わたくしは一人ではない。陛下と二人で、同じ道を歩んでいた。

このように、わたくしの『しくじり人生のやりなおし』は、無事成功を収めたのだった。

✳関田淳子（著）『ハプスブルク家の食卓』（新人物文庫）新人物往来社

✳関田淳子（著）『ハプスブルクプリンセスの宮廷菓子―スウィーツに秘められたプリンセスたちの素顔と王宮の舞台裏』（別冊歴史読本 67）新人物往来社

✳池田愛美（著）、池田匡克（写真）『最新版 ウィーンの優雅なカフェ＆お菓子　ヨーロッパ伝統菓子の源流』世界文化社

✳エドワード・フルート（著）、桐田和雄（撮影）『フルートさんの優しいウィーン菓子―ウィーンからのおいしい贈り物』学研プラス

✳高山厚子（著）、中島 劭一郎（撮影）『マジパン 5cm の舞台のウィーンの物語』旭屋出版

✳谷口健治（著）『バイエルン王国の誕生 ドイツにおける近代国家の形成』山川出版社

✳マルタ・シャート（著）、西川賢一（訳）『美と狂気の王ルートヴィヒ 2 世』講談社

✳江村洋（著）『フランツ・ヨーゼフ：ハプスブルク「最後」の皇帝』（河出文庫）河出書房新社

✳スティーヴン・ベラー（著）、坂井栄八郎・川瀬 美保（訳）『フランツ・ヨーゼフとハプスブルク帝国』（人間科学叢書）刀水書房

✳ブリギッテ・ハーマン（著）、中村康之（訳）『エリザベート（上・下）美しき皇妃の伝説 』（朝日文庫）朝日新聞社

✳沖島博美（著）『皇妃エリザベートをめぐる旅』河出書房新社

✳カトリーヌ・クレマン（著）、塚本哲也（監修）、田辺希久子（訳）『皇妃エリザベート：ハプスブルクの美神』（知の再発見双書）創元社

✳菊池良生（著）『皇帝銃殺：ハプスブルクの悲劇 メキシコ皇帝マクシミリアン一世伝』（河出文庫）河出書房新社

✳菊池良生（著）『ハプスブルク家の光芒』（ちくま文庫）筑摩書房

✳関田淳子（著）『ハプスブルク家のお菓子　プリンセスたちが愛した極上のレシピ』（新人物文庫）新人物往来社

本作品は書き下ろしです。

本作品に関するご意見、ご感想などは
〒101－8405
東京都千代田区神田三崎町2－18－11
二見書房 サラ文庫編集部 まで

皇妃エリザベートのしくじり人生やりなおし

著者 江本マシメサ

発行所 株式会社 二見書房
東京都千代田区神田三崎町2-18-11
電話 03(3515)2311［営業］
03(3515)2314［編集］
振替 00170-4-2639

印刷 株式会社 堀内印刷所
製本 株式会社 村上製本所

落丁・乱丁本はお取り替えいたします。
定価は、カバーに表示してあります。
© Mashimesa Emoto 2020, Printed in Japan.
ISBN978－4－576－20000－2
https://www.futami.co.jp/

二見サラ文庫

妖狐甘味宮廷伝

江本マシメサ

イラスト＝仁村水紀

甘味屋「白尾」の店主・翠は実は妖狐。脅されて道士・彪牙の策に加担するも甘いもの好きの皇帝のお気に入り妃に!?　中華風後宮恋愛物語。

二見サラ文庫

ステラ・アルカへようこそ

～神戸北野 魔法使いの紅茶店～

烏丸紫明

イラスト＝ヤマウチシズ

交際相手の裏切りを知り、悩める千優が出逢ったのは、美麗だが謎めいた双子・響と奏。彼らが供する料理と紅茶を口にした千優は…。

二見サラ文庫

はけんねこ

～飼い主は、あなたに決めました！～

中原一也

イラスト＝KORIRI

猫はあなたを選んでやってきます。宵闇に集まるのら猫たちが飼われたいのは⁉　絆が必要なあなたに。じんわり＆ほっこり猫の世界。

二見サラ文庫

甘酒の神様

～京都伏見の甘酒処・笹壽庵の神様奇譚～

牧山とも

イラスト＝新井テル子

京都で甘酒専門店・笹壽庵を営む璃空と、青笹家を守護する白蛇神の化身・瀬名。深い縁で結ばれた二人が遭遇する不思議な事件！

二見サラ文庫

華天楼夢想奇譚

~八月の海市の物語~

佐原一可

イラスト＝佳嶋

想い人に心臓を捧げる風習が残る遊郭街で起こる、人工心臓の遊女が狙われる連続殺人。市内に暮らす少女・頼子がある日目覚めると…。

二見サラ文庫

神様は毛玉

～オタクな霊能者様に無理矢理雇用されました。～

栢野すばる

イラスト＝冬臣

啓介は事故に遭った日から妙な毛玉の生物に取り憑かれる。しかも毛玉の持ち主という美形霊能者まで現れお祓い稼業を手伝うことに！？

二見サラ文庫

神様は毛玉

～ 捧げ物はスイーツで ～

栢野すばる

イラスト＝冬臣

自称神様の毛玉生物と魔を祓うゲーム廃人・忍。毛玉と魂が融合した啓介が、二人に振り回されながら事件を解決するオカルトコメディ。